U0080426

文訊叢刊⑥

聯珠綴玉

（11位女作家的筆墨生涯）

封德屏 編

大珠小珠落玉盤（序）

■鄭明娳

「聯珠綴玉」收集十一位女性作家「夫子」自道其「筆墨生涯」的「文傳」及著作目錄、評論索引，外加文選一篇，是一本別開生面的文學三明治。

這十一位女性作家，從民國五年至廿六年之間出生，最年輕的也有五十二歲，堪稱前輩作家。她們，生長、成熟在同一個大環境、同爲女性、同爲文學創作者……種種共同的背景，不論其人其文，氣質與風格，都有許多相近之處，與當前新生代女作家的形貌判然而異。

她們都自傳統社會走出來，仍然帶著中國舊社會中女性的特質；例如，她們都是母性很强的家庭主婦。蓉子剛結婚的幾年期間，一面外出「上班」一面在家「親操井臼」，完全佔據了她創作的時間。王明書費盡心力使兩個「太」字號兒子脫胎換骨，終於使他們成家立業，充分表現女性的光輝……。她們都是家庭主婦兼作家，可是創作量卻相當龐大，可見她們抽空爲寫作付出的努力也很可觀。年紀最長的蕭傳文決心在寫作的路上「繼續耕耘下去，直到個人生命到最後終結爲止。」替許多執著的文人做見證：一旦愛上寫作就無怨無悔終身事之。

從文章中，我們可以看出，她們都具有中國傳統婦女謙恭的美德，從不以「作家」自居，但，她們認爲寫作是神聖的工作，創作態度都相當嚴肅。她們的言談行止，也趨於傳統保守。劉枋大約是那個輩分中的「異數」；但我們發現，她只不過是在傳統之內出入自得而已。她坦蕩磊落，頗具英氣的胸懷，使人相信她不論在創作或處事都有開拓新氣象的本錢。

這幾位前輩作家十之八九還有一項值得尊敬的際遇：她們都經歷過中國近百年來最流離的戰亂、最貧窮的生活。張漱函說：「我的幼年，一直都在流離播遷中渡過，學校教育時斷時續……」這實在是她們的共同經驗。現代的年輕人，大約很難理解姚姮筆下爲生存而掙扎的歲月。可是我們這些歷盡滄桑的前輩，她們努力呈現出來的，乃是「這樣好的星期天」(康芸薇)。蕭傳文說：「數十年來，我都是兢兢業業，小心戒懼，決不敢寫下腐蝕人心、腐化社會的作品……」那是多麼難得的菩薩心腸！前輩文學創作者同時肩負著社會教化的責任，想來也是新生代所不能理解的吧！側身於前輩與後輩之中的我，則很能理解兩代之間隔閡的現象與原因。也因爲有所理解，才對前輩產生敬意，雖然我是不以「文學家必須是教育家」的觀念來教育下一代。

細讀十一位的「筆墨生涯」，我們又會發現，在小學二、三年級時，文學作品就做了她們的啓蒙師。在那個時代，父母都禁止子女閱讀古典小說、白話文學等「閒書」。大部分文學愛好者都是在某種機緣下，巧遇文學，而愛上文學，結果是「囫圇吞棗，狂食文學」。這一段時日，可能正下她們打下創作根柢的時候。此種奠基工程，也是當今新生代所欠缺的。

另外，我們發現，任何文字工作者，在寫作之初，鼓勵乃是推動她們前進的最大力量。幾乎每一位在投稿之初，如果「一舉中的」，必然信心大增、勇氣倍漲。除了投稿順利上壘，還有知音賞識，更使創作者如得神助。這種效果，不僅見於心理上，且見於創作本身的進步上。就個人的生命史而言，尤爲最優美醇厚的一章。王明書之終生感念鍾梅音，只是例證之一。

任何方式的鼓勵對於有潛力的初期創作者，都有無比的正面意義，從許多前輩的事實印證，我們也知，對於自己的晚輩，也要用較寬闊的胸襟，接納他們、鼓勵他們。

在談論十一位女性前輩作家之「同」後，我們也可以發現她們互相也有各人的文風。僅就這幾位作家爲抽樣看，我們就知道，並不是內向害羞的人才會掉進文字堆中；郭晋秀之生趣活潑，似乎數十年如一日，她的文章也散發著喜與人同、獨樂樂不如與衆樂的開闊胸懷。林文月則嫻雅內歛，看來也是長久以來「一以貫之」，形成她平穩、冷靜、清幽的風格。即使在這麼少的篇幅中，我們也不難看出，每個人都有她獨自的面貌。

當我讀到王明書敍述抗戰時期的艱苦生活時，衣不厭粗，食僅求飽，卻仍在桐油燈熒熒的微光下，發奮讀書……使我覺得上天似乎正要「天將降大任於斯人也」。也許今天有人會覺得，她們還沒有把這大任交待清楚。就這一點而言，我個人認爲，前輩作家固然「有幸」遇到大變動的時代，但她們又不幸，缺少文學成長的良好背景，及文學創作的良好環境及教育，幾乎所有的作家都在獨自摸索中創作。如果事實不然，她們應有更好的成績。

這本文學的三明治，融合自傳、著作目錄、評論索引及文選，具有史傳、史料的價值，但又有可供美讀的欣賞價值。這種工作，在純學術上雖無太大價值，但在引介前輩作家，則饒富意義。讀者由本書鼎嘗一臠，如果產生興趣，可再按圖索驥，尋找喜歡的作家作品，做地毯式的閱讀。不過，這十一位作者撰寫「筆墨生涯」的體例不太一致，而且僅僅十一位，並不能做爲那一代女性作家的抽樣代表。對於遺珠之人，應該做第二本、第三本的後續工作，才能使第一本的意義影顯出來。我們有如是的期待。

目錄

蕭傳文

●**蕭傳文**，民國五年生，湖南醴陵人。上海大厦心理學系畢業。曾任報社和出版社編輯，成功大學、中國文化大學教授。著有小說「征人之家」、「陋巷人家」、「小橋流水人家」、「淥江橋畔」，散文「夜行集」、「海上行」、「文學之旅」、「鄉思樹」，評論「文學概論」、「大文豪與大小說」等。

筆耕終生

●文學紅樓夢

直到現在，我仍在懷疑，在我童年時代，那個偏僻閉塞的小村落——我的故鄉，在那百年以上的祖居老屋的樓上，會找到一本中國古典愛情的經典之作紅樓夢。記得讀鄉村小學三年級時，一個漫長的暑假中，實在閒極無聊，將老屋十幾個幽暗陰涼的房間，從樓下到樓上，到處搜尋着，一些已經褪漆的舊木箱，佈滿塵灰蛛網，霉氣撲鼻，我就在樓上的一隻破箱中，找到了一本從未看過的線裝書，封面字跡模糊，裡頁却能清楚看到石頭記三個字，一時好奇，一頁頁翻過去，眞是圖文並茂，隔幾頁就有一幅插圖，亭臺樓閣，小塘垂柳，雲髻高聳的古裝仕女，手執小扇，倚立在門口或欄杆旁，有的俯首沉思，有的凝眸遠眺，一律細緻的工筆畫，鬢髮和衣褶，纖毫畢露，我先爲這些畫幅所迷，每一幅都看得津津有味，然後再讀文字內容，是半文半語的章回體，每章前面有一首七言絕詩，我半懂不懂，每章用文言標題二句，也是七言，我參照着圖畫讀去，興趣愈來愈濃，從此在我上學的書包中，第一次除課本外，有了一本課外讀物，我自認這本石頭記是帶領我跨入文學領域，並從而奠定我人生目標的一把鑰匙，啓發我對人生眞、善、美的憧憬和嚮往，雖然非常幼稚朦朧，却像在茫茫大海中撈到了一點可以依恃的什麼。

後來，我又癡迷於蒲松齡筆下美麗可愛的鬼怪故事，這是開啓我文學心扉的另一把鑰匙，漫長的夏日午後，在蟬聲悠揚中，我跟着作者一步步進入一個廣大淒迷的世界，飄渺虛幻，跟紅樓夢中的世界大不相同，眞奇怪，也一樣使我着迷。讀初中時，我又迷上了李後主和李清照的作品，而且每首都背誦，最欣賞的詞句，至今仍然記得。接着便是大讀特讀章回小說，除紅樓夢外，就是儒林外史、三國演義、水滸傳及西遊記等古典文學作品，最愛讀的是老殘遊記。

讀高中時，我們的國文老師雖是一位前清的秀才，思想却相當新穎。他房間的書架上，除線裝書外，還有不少新文學一類的書籍及期刊，像林琴南所譯的西洋文學作品，更有「創造月刊」及「小說月報」等大型的文藝性定期刊物，我都萬分的好奇和驚喜，向他借閱既然毫不困難，便成爲我最好的課外讀物，這是我接觸新文學的第一步。不料跨入門檻之後，便一頭栽了進去，欲罷不能。在二年級放暑假時，經過長沙回家，走遍長沙各書店，發狂般地搜購，帶回大包小包的新書，回到家裡，被父親發現，將我大罵一頓，說什麼書不好讀，偏要去看那些風花雪月和的了嗎呢的邪門書，叫我燒掉，我陽奉陰違，仍然偷偷閱讀，往往看到深夜，甚至到次日凌晨聽到鷄啼爲止。自從讀了魯迅、老舍及冰心等人的作品後，使我眼界大開，對這些作品從個人及家庭的生活瑣事擴展到廣大的社會人羣，從男女愛情擴大到對民族國家之愛的偉大情操，受到了莫大的衝擊和震撼。

接着我又讀了胡適的「什麼是文學」這本書，纔對文學有了稍微清晰的觀念，他在該書中對文學有下面的定義，他說：「語言文字都是人類達意表情的工具，達意達得好，表情表得妙，便是文學。」他又加以解釋說：「文學有三個要件，第一要明白清楚，第二要有力，第三要美。」對文學有了這層認識後，我讀當時最爲青年讀者所嚮往的一些作品，像巴金的「家」，茅盾的「子夜」，冰心的「寄小讀者」等作品，覺得津津有味。我自認憑自己對文學幼稚淺薄的瞭解，還不能分辨什麼是最好作品，什麼是壞作品，只是囫圇吞棗，近乎盲目。

●他們叫我書蟲

我開始接觸西洋文學，是在上海讀大學的時候，那時大夏大學的中國文學系有幾位著名的教授，使我留下深刻印象的是李青崖，專講法國文學，張夢麟專介紹日本文學，謝六逸講英美文學，我不是文學系的學生，但只要上課時間不衝突，必跑去旁聽，比主修本系的心理學聽得更有興趣，本想要求系主任轉系，但心理學系的學分已修了不少，已經升二年級，來不及了，系主任不答應，如要轉系，必須補修中文系的許多學分，恐怕要讀五年才能畢業，考慮結果，只得作罷。在李青崖教授的班上第一次知道弗羅貝爾、左拉及莫泊桑等法國寫實主義大師的名字，然後是雨果、巴爾札克、都德、大仲馬及小仲馬等人，在張夢麟教授的班上，第一次知道有島武郎、夏日漱石、武者小路實篤及谷崎潤一郎等人的名字和作品，在謝六逸教授班上，第一次知道哈代、狄更斯及莎士比亞等人名字及作品，這一來我眞像劉姥姥進大觀園，一時眼花撩亂，不知道要看什麼好，這個五彩繽紛、浩瀚無垠的文學世界，幾乎使我完全變了另一個人，我已不是原來的我了，無論人生觀點和生活興趣都大爲轉變，從此我不再在周末跟同學們逛四大百貨公司，逛兆豐花園和在霞飛路上觀賞法國梧桐和外國商店的橱窗，我一頭鑽進書肆林立的四馬路和棋盤街的商務印書館。先在舊書店搜尋各種各類的西洋文學作品，因爲舊書便宜，買不到舊書才到商務去買新的，每次都抱着大包小包回來，惹得同房的室友笑我書蟲，大學圖書館的藏書固然很多，但都被中文系主任指定爲參考書，並要同學做讀書報告，我這個外系的學生根本輪不到借閱，因此只好自掏腰包去買了。

以上是我在學生時代對文學嚮往與熱愛的情形，跨出學校大門，進入社會服務後，也跟文學結下不解緣，先後在報社及出版社任編輯工作，寫的和看的都是文學作品，報紙的副刊不必說，連出版社的編輯工作也一樣，尤其在獨立出版社四年，沒有編過一本書，僅審查了幾本文藝作品，有新詩也有散文，閱畢僅寫下幾句評語，就交差了事，剩下大部份時間都是自己寫作。

●「夕陽渡頭」渡我到文學彼岸

提起寫作要從高中時代說起，上面我提到的國文老師雖是前清秀才，却容許我們用白話作文，出的作文題目也新穎，記得我的第一篇投稿就是從作文簿上抄下的，題目是「夕陽渡頭」，經過老師修改後，試着投在衡陽日報的副刋上，却是一舉中的，眞出我意外，從此以後我便開始正式寫作投稿了，長沙市民日報及後來的武漢日報等，愈投膽量愈大，在上海讀書時投往申報及新聞報的副刋，當然常遭退稿，不過我不灰心，知道自己寫作的功力不夠，偶有一篇刋出，認是僥倖。記得一次在申報副刋登出我的一篇散文，題爲「舊鞋」，以第一篇刋出，在版面上顯得相當特出，自己看了不禁眼睛一亮，並有受寵若驚之感。

我寫第一個長篇小說「征人之家」時，是在獨立出版社服務，因我一位堂兄以獨生子身份毅然放棄家中的舒服享受，前往軍中服役，他在復旦大學畢業後，擔任該校講師，在廿六年底，回到家鄉辭別母妻及妹等，投筆從戎，廿八年春即殉職，我爲此大受感動，寫下廿餘萬字長篇小說。當時獨立出版社社長盧逮曾先生，北京大學畢業生，他最先看我的原稿，當即撥四萬元法幣收購，不料尚未出版，忽傳抗戰全面勝利，社中同仁一時紛紛復員還鄉，我也奉命復員南京，該稿因此擱下未能出版，卅八年四月匆匆地離開上海來到寶島，在臺灣書店出版的。

在寫作漫長的旅途中，我的起步只是抱着好奇和好玩的心情，從不敢奢望在此園地中有所貢獻或成就，在大陸投稿東一篇西一篇，筆名至少在十個以上，往往因筆名而造成困擾，外子便建議我用固定的姓名，如此便沿用至今。我從未寫過詩，不是不愛詩，相反的不僅愛讀，而且十分欣賞，唐詩宋詞不必說，書桌上經常擺着，即使現代詩我也欣賞，就是不寫，不敢嘗試。寫得最多的散文，無論欣賞與寫作，我對散文都有一份特別的感情，想起日本文學理論家厨川白村在其名著「苦悶的象徵」一書中，曾說文學是作者絕對獨立自主的一個世界，一片落葉、一縷夕陽，都是寫作散文的題材，日月星辰，湖光山色，幾乎無一不可用來寫散文，散文的題材眞是千端萬緒，俯拾即是，所以我特別愛用散文來表達個人的情感，發抒心中的塊壘。由於童年生活是在鄉村渡過的，對大自然有一份執着的愛戀，我的散文十有九篇是以大自然爲對象，一草一木，風聲鳥語，都是我筆下描寫的對象。

我也寫小說，無論長篇或短篇我都愛寫，從第一部長篇小說「征人之家」出版以後，接着我寫了「藍色的海」、「殘夢」、「銀妹」、「小橋、流水、人家」、「珍珠」、「愛與夢幻」、「淥江橋畔」及「丹鳳村」等長篇，短篇小說集則有「妹妹」，「母愛」及「南半球的幽怨」等。以上這些作品，雖然沒有一部自認滿意的，但當我執筆寫作時，却是非常認眞的，也竭盡了我的力量和心血。遇到中途寫不下去，或是故事情節有困難時，我往往擲筆起身，在房間走來走去，想了又想，實在遇到思路枯竭，無以爲繼時，我便索興走出書房，找些別的事情來做，有時是掃地抹桌椅，有時撫箏，有時磨墨作畫，有時在中途忽然有了靈感，可以接下去寫了，我就立即丢下手邊的活動，重又回到書房寫下去，很奇怪，往往可以一直寫去，直到全篇終了。

過去我寫作時，不能中途被打擾，否則再也無法繼續，內心懊惱異常，恨不能將對方責罵一頓，可是現在却不然，寫到中途任何時候可以停筆不寫，也任何時候可以重新執筆，這一點我不認爲是什麼修養功夫，只是因爲寫作多了久了，自然養成習慣，不怕被人打擾。

●筆耕終生

是那一位作家將寫作這種工作說做筆耕，我認爲眞是非常恰當，農人用犂耕田，木匠用斧切木頭，裁縫師用剪刀裁衣服，都是一種用體力的工作，作者用筆寫下作品，既用體力也用腦力，其工作的目的都是爲人類社會服務。文學是一方廣大的園地，每個作者用自己的心血，寫下自己的作品，就是一種耕種工作，所不同的只是看各人努力的程度，胡適博士說你要有什麼樣的收穫，就要看你去怎樣的栽培，寫作也是如此。在這條艱辛漫長的路上，我會繼續耕種下去，直到個人生命到最後終結爲止。我相信寫作這種活動是會上癮的，寫成習慣了，如果過十天半月不寫，就會覺得手癢，感到內心空虛，感到日子過得徬徨無聊，不提筆寫點什麼，倒眞感到難過，我相信每一個從事寫作的人，都會有這種經驗，並非我一人如此，我曾聽到一位資深的作家說，她十天半月不出門可以，但十天半月不提筆，就坐立不安，覺得生活乏味，日子難過。也聽到其他的文友有這種說法，可見寫作這活動，除非你沒有開頭，有了開頭想中途放棄，恐怕是不容易的，德國十九世紀最偉大的文學家歌德，在八十二歲高齡仍在寫作不輟，其名著詩劇「浮士德」寫到他離開人世的那一天爲止，可見寫作這玩意，是如何的令人着迷，可說陷溺其中便很難脫身了。

在漫長的寫作途中，我也曾經試着做過逃兵，想中途開溜，是二十多年前的事，我忽然愛上了國畫和古箏，在臺北跟胡念祖學潑墨山水，他跟花鳥畫家喩仲林合作，設畫室「麗水精舍」於敦化北路，我每周從民生東路聯合二村乘公車前往，在敦化橋下車後，步行一段路到他的畫室，只要上課時間一到，我是風雨無阻前往學習，興趣之高昂，決不亞於讀左拉的酒店和狄更斯的雙城記。後來我又去學古箏，在杭州南路一條狹窄的小巷裏，每次要爬上四樓，進入老師的家，只聽見一片悠揚古雅的箏樂聲，我又如醉如癡地學習，從基本指法到古曲獨奏，每一個音符，都帶給我莫大的快樂和撫慰，因自己的上課時間衝突，有時是晚間去學古箏，臺北的冬夜，往往風雨連綿，而我却甘之如飴，無論公車如何擁擠，我也毅然前往，當初一同報名從師的鄰居共三人，一個月後只剩我一人繼續，後來她們反跟我來學習，眞是有趣。大約有一兩年功夫，我醉心於圖畫和古箏，將寫作荒疏了，一位主編期刊的文友，來信問何以久不見我的作品，由於他的邀稿和催稿，才又怵然驚覺，竟然做了一名可恥的逃兵，眞太對不起自己的良心了，立時遵囑將文稿寫好寄去，從此重又拾回寫作。

在漫長的寫作途中，我自認不是成功的一個，但對寫作的態度却是嚴肅的、謹愼的，舊俄時代偉大的作家托爾斯泰曾說過：「除非你每浸一次筆，能在墨水瓶中留下一塊你自己身上的血肉，否則就不能從事創作。」這是何等發人深省的話，偉大的文學作品沒有不肩負一種對人生社會的神聖使命，有人說文學家是人類靈魂的工程師，這一無形的工程師比有形的工程師，其影響力之深遠和强大，實遠遠超過。所以又說文學是人類最重要的精神糧食，因爲只有文學可以使人的心胸開闊，生命充實而豐富，提昇人生的境界和品質，一個從事文學創作的人，應該隨時警惕自己，提醒自己，數十年來，我都是兢兢業業，小心戒懼，決不敢寫下腐蝕人心、腐化社會的作品，寧願寫得笨拙，也不要作文字遊戲。

（原題「從一本書說起」發表於75年10月「文訊」26期）

■蕭傳文作品目錄

書　名	類　別	出　版　者	出版年月
①征人之家	長篇小說	臺灣書店	民國45年
②陋巷人家	短篇小說	正中書局	民國45年
③藍色的海	長篇小說	大業書店	民國46年
④殘夢	長篇小說	大業書店	民國47年
⑤夜行集	散　文	香港亞洲公司	民國47年
⑥銀妹	長篇小說	大業書店	民國48年
⑦鄉思集	散　文	正中書局	民國48年
⑧妹妹	短篇小說	幼獅書店	民國49年

⑨小橋流水人家	長篇小說	文壇月刊社	民國52年
⑩母愛	短篇小說	大業書店	民國52年
⑪海上行	散文	兒童書局	民國53年
⑫珍珠	長篇小說	文壇月刊社	民國53年
⑬南半球的幽怨	短篇小說	商務印書館	民國55年
⑭蕭傳文自選集	散文	中華書局	民國57年
⑮愛與夢幻	長篇小說	正中書局	民國63年
⑯海外遊踪	散文	國家書店	民國65年
⑰文學概論	文學理論	學海書局	民國66年
⑱淥江橋畔	長篇小說	禹甸文化公司	民國70年
⑲山與湖	散文集	光啓出版社	民國71年
⑳大文豪與大小說	評論	教理出版社	民國74年
㉑文學之旅	散文	東大圖書公司	民國75年
㉒鄉思樹	散文	書評書目出版社	民國75年
㉓蕭傳文自選集	散文	黎明文化公司	民國76年

■蕭傳文作品評論索引

篇名	作者	期刊名	刊期	時間	頁次
蕭傳文教授訪問記	鍾長江	鄉思樹		75年8月	

《作品選》

風從那裏來

●古屋　古井

懷着探幽訪古的心情，在澎湖的街上走過，凹凸不平的灰褐色石板，在脚下嘆息，大塊小塊的，露出裂縫，破損得太久了，碎石片堆起，一叢叢野草從石隙中冒出，到處蔓生。這條街道，原是當地人聚居的地方，現在却空蕩蕩的，顯得冷清，人們到那裡去了？這兒多久沒有人走了？誰知道啊！街兩旁的平房，默然相對峙立，好寂寞，有的大門虛掩，窗板脫落了，張着啞然失望的大口，台階上長了青苔。爲了好奇，我走近去，伸頭朝裡張望，一片黝黑，什麼也看不見，一股霉濕味，冲着鼻尖，人呢？怎麼看不見？順手推開木門，差點應手傾倒，急忙扶住，眞不相信，這麼美好的屋子沒有人住。一律平房，屋頂上的瓦片，排成整齊的行列，看來厚重結實又精致，决不像現代都市的洋樓，用粗糙冰冷的鋼筋水泥，沒有一點生氣和情趣，而這些平房連牆壁都溫厚可愛，是一塊塊砧硓石，用手堆聚的，一幢屋要堆多少塊？眞想發個傻勁來數一數，每一塊都那麼古拙樸實，完全出自大自然的手筆。仔細看去，表面上有無數小孔，圓圓的，被海風磨得滑潤，透着疷褐色的光，那色澤跟泥土完全一樣，要不是形狀古怪突出，幾乎懷疑它就是泥土，用手摸去，一塊一塊層次分明，有稜有角。正面望去，屋頂上呈人字形，往兩邊垂落，跟大陸家鄉的老屋一模一樣，這在情感上更有了牽繫。站在屋前，就像回到了老家，此刻多麼渴望着從屋裡有人走出，以便迎上前去攀談，敍敍鄉情。眞的，當我們漫步走過古屋時，一份親切溫馨的感受，油然而生，只隔一道海峽，兩岸的文化淵源和民族情感，是從一條根上發出來的呢。

一些保留完整外觀沒有絲毫損毀的古屋，該是本省先民住宅極珍貴的遺址，現在已經非常少見，因此在有心人的眼中，成了國家瑰寶，視作第一級古跡。古老歲月的痕跡，點點滴滴地印在上面，訴說着多少滄桑往事和生離死別，我們走過時，似乎仍依稀覺得先民們的聲音笑貌，從洞開的窗口裡，幽幽地湧現。跟古屋息息相關的是造型古雅的石井。井口有木質的蓋，街中心有一口是由四個井組合成的，整齊美觀，生平僅見，據說這口井的水質特佳，清涼甘美，即在旱年也不乾涸。這麼美好的井水，想着昔日來到井邊汲水的村姑少婦，在清晨夕暮，倩影姍姍，不知有過多少韻事，在晨曦暮靄中飄落。自從政府在島上建了自來水廠，人們有了清潔方便的飲用水後，這些古井便只有專供欣賞和懷念的價值了。

歷史告訴我們，澎湖比臺灣早在四百年前就開發了，在元世祖忽必烈時代，西元一千二百多年統一中國時，便將澎湖納入統治範圍，開始正式在此設治，因此澎湖的古蹟多，自是意料中事。除古屋、古井之外，古廟也是史跡斑斑，在馬公的天后宮裡，留下了本省最古老的媽祖神像，據說早在明朝萬曆年間，即西元一千五百多年時，媽祖就已經在此享受香火奉祀了。跨入廟門，只見牆壁損毀，彩色繪畫剝脫，粗壯的廊柱和窗檻壁飾等，雖都已褪落傾圮，但原有的精美細巧，傳統建築藝術的典雅風格，仍然存在。澎湖全島共有二百多幢古廟，每幢都是先民們的智慧與思想的結晶，那些臨風飛躍的美妙燕尾，高聳的懸簷，都具體地表現了中華建築文化的古典與浪漫的美。

●風從那裡來

風，有溫柔的，也有狂野猛烈的，一陣陣，像無數手指和手臂，從四面八方襲來，將人的頭髮、臉頰和四肢，推、刮、撕、扯，一點不講情面的搗亂，只要在戶外，尤其海邊，總也站不住、走不穩、坐不安，恰逢初冬季節，正是强風肆虐的時候，據說這還是開始，正式進入嚴冬以後，風勢更猛更烈，刮起地上的砂石，漫天飛舞，人們要遮住眼睛才能走路。那天下午，我們剛跨下飛機，首先來迎接的便是一陣强風，幾乎使大家站立不穩。一路看到的行人，都低着頭，縮着脖子，時刻忍受着强風陣陣的撲擊，既然無法逃避，便只有鼓起勇氣接受挑戰了。看當地人的臉上身上，那股特有的堅毅剛强的神情，說不定就是被風磨鍊出來的。有人說澎湖的風，是從海上來的，站在海邊岩岸上，遠望海面，波濤掀起像座小山，撲面襲來的風，像巨人的魔掌，拍得臉頰發疼，連呼吸也塞住了，喘不過氣來。似乎風不一定來自大海，人站在海邊，覺得前後左右都同受襲擊，到底風從那裡來？誰知道呢？隨着風吹來的是鹹雨，在島上到處降落，滲入泥土中，將植物連根苗一齊殺死，使地上的農作物，無法生長，因此人們缺乏賴以維生的主食稻穀，在貪瘠的土地上，只能種些花生和高粱等雜糧。

人們說只要進入夏季，每年從五月開始，可怕的季候風沒有了，只要風停，島上就又呈現一片生機，從泥土裡迸出嫩綠的新芽，陽光慷慨地灑滿大地，居民們從屋裡走出，擺脫了季風的威脅，在田間水邊重拾回歡笑。討海是島民們最多的活動，也是最大的生活資源，海邊永遠是他們的樂園，一排排漁船密集著，大部份是在夜間出海，據說在燈火下撒網，魚羣更喜歡湧來，成羣地投入網中，讓漁人們歡呼著大笑，也讓海邊揚起一片鬧熱。

海風又呼嘯著掃來了，既然來到島上，便得準備一番勇氣迎接它，我昂首挺胸，爬上一堆黑色岩石，尖硬的石嘴，咬著脚底發痛。岩上的草叢和灌木，一律哈腰駝背，被强風刮得東歪西倒。我拉住一堆草叢，支住自己，以免被風擊倒。風衣隨著風勢飄揚，幾次用手揪牢，才沒有被刮走。同伴在岸上叫我，拚命向我招手，要我回去，我聽不見他的聲音，在風中再大的聲音也被吹散。又是一陣狂風撲來，浪濤跟著湧過，打擊著岩石，發出嚇人的巨吼，激起片片浪花，像雪花一樣堆聚，只一剎那就散去了，燦白的雪花消失得無影無踪。風一陣陣撲來，浪花一堆堆揚起，如此消長起落，永無停息，我呆望著，驚嘆大自然的神奇偉大，甘願忍受著强風的狂襲猛撲，不想離去。

●海的抒情

可曾讀過法國印象派作家筆爾．邏逖筆下所描寫的海？現在我站在澎湖的海邊，竟自然而然地想起北極洋，那個羅逖筆下的變幻莫測、浩瀚無涯的大海和海中那個貧瘠多風，居民專靠捕魚維生的海島——冰島來，在作家的眼中，大海不但有生命和靈魂，更有豐富深厚的情感。海更是個仁慈的母親，供給島民們以豐盈的生活資源，孕育一代又一代的子民，生生不息，日子過得逍遙快樂，無憂無慮，因爲海的無盡的資源，是人們生活最可靠的保障。北極洋我沒有到過，只透過作家的筆，知道那兒有强壯年輕的漁夫，矮小簡陋的茅屋，在寒冷潮濕的空氣中，永遠飄盪不散的魚腥味，尤其終日不歇的刮著海風，我想這些都跟澎湖完全相似，所不同的是冰島那個小小漁村，對我是遙遠又陌生，而此刻在我脚下的這塊土地，却熟悉又親切，我雖不是此地的居民，但在血緣和情感上，自有我的一份。

在陽光下，那一望無際的沙灘，像舖上一層銀粉，璀燦雪白，幾乎令人睜不開眼。有一羣孩子在追逐嬉戲，同伴說，他們在淺水中拾貝殼和魚蝦，還有一種小蟹，都是被海浪沖上來的，海浪退後，那些小生物留在沙灘上，孩子們拾回家，是餐桌上一味甘美的海鮮。

海水藍得出奇，藍得好美，遠望像一塊藍色的軟緞，看不出一絲皺紋，最難得是天空也和海水一般藍，藍得潔淨單純，沒有一片白雲，只有偶然一兩隻海鷗飛過，在天空中留下最美的點綴。有人說要看海，最好到澎湖來，因爲沒有工業污染，天空和海水還保持著原始的自然面貌和品質，新鮮清潔，這話的確有道理。

海岸風光是永遠看不厭，也看不完的，由玄武岩構成的巉岩怪石，黑、褐、灰、白和藍紫，在陽光下閃出五彩爛縵的色澤。有人在選擇適當的角度，將焦點對準，要將澎湖海岸的萬千奇景，攝入鏡頭，眞的，澎湖海岸的迷人和誘惑，誰能抗拒得了呢？

選自「文學之旅」(台北，東大，一九八六)

劉枋

聯珠綴玉

●**劉枋**，民國八年生，山東濟寧人，中國大學化學系畢業。曾主編「南京益世報」副刊、「京滬報」、台灣「全民日報」副刊、「文壇」、「中華婦女」月刊等，著有散文「千佛山之戀」、「故都故事」、「非花之花」，小說「逝水」、「小蝴蝶和半袋麵」、「慧照大院的春天」及傳記、廣播劇、雜文等多種。現任職佛光山文教處。

天才誤我

二十多年前的一個夏末秋初季節，跟隨著多位男女老少作家訪問金門，在那裏除了舉行文藝座談會，還有好幾場專題演講，當時一位很有成就的年輕女作家在演講中說：「當我在小學二年級時，我的日記寫的使老師不相信出自一個小女孩之手，從那時起，就奠定了我從事寫作的基礎……」她的講題我已不記得，上面的幾句話，也不可能是原句無誤，但大意如此是不錯的，因爲那時一兩位年紀較長的作家，如詩人紀弦等，那似不以爲然的輕輕的搖頭，微微的撇嘴的神情，給我留下了不可磨滅的印象。

我沒和他們抬槓，但心中却覺得這位年輕女作家的話不無道理，一個人有沒有寫作的細胞，可能是與生俱來的。因爲和她一樣，我也自認爲是「小時了了」；只是和她不同的是她的寫作成就與年齡成正比，而我却眞的是「大未必佳」，老更無成。儘管無成，却總是舞文弄墨過，且容我話說從頭。

童年時代，我未曾按部就班的由幼稚園而小學，在胡里胡塗的認識了一兩千個方塊字之後，十歲拜師入塾，先讀三百千，再讀四子。學作文之前先塡字，第一次老師出了個天字，下面畫三個圈圈，也就是要造一個四個字的句子，當時我的「同窗」臧德謙、黎敏賢和我程度相等，他們不約而同塡的是天下爲公，我的弟弟塡的是天天天天，我塡了四句：「天下太平」、「天上地下」、「天懸明月」、「天際晚霞」，老師問我：「你怎樣想到的？」我指指茶几上的小實報（當時我的課外讀物）：「跟那上邊學的。」當時老師沒有誇獎我，可是有一天對我父親說：「這個女學生，很有天份，東翁可能喜有詠絮女啊！」父親呵呵的笑了。我知道他笑的是什麼，因爲一張他抱著我的照片上，他所題的一首絕句的末一句就是「他年詠絮果何如？」

那時我已知謝道韞的故事，不多久當我讀完千家詩，又讀唐詩三百之後，就成天ㄖ中平平仄仄的胡亂吟哦起來。十二歲那年冬天，老師教我們詠雪，因爲柳絮而想到春天，我成詩曰：「春季來何早？梨花拂面狂，但覺寒徹骨，不聞花飄香。」老師瞪著眼問：「抄自何處？」我不能回答，因我不知抄自何處。那時，我喜歡作詩比作文多多，從所讀的「論說文範」等學來，任何題目，我都用「今夫天下之人」開始，大概「天才」不在這方面。

十三歲上了初中，國文課本上都是白話文章，一下子我就迷上了，我背朱自清的「匆匆」，背冰心的「寄小讀者」，一如我背論孟。好像頭兩篇作文我還必須打好文言文的草稿，再逐字逐句自己譯成白話，等到作了三五篇之後，才「的了嗎呢」的不再費勁了。等到老師出題「雪後」，我就把冰心寫雨景的句子改頭換面的搬了出來，等到題目是「丁香花」，我就把朱自清的「梅雨潭之綠」的形容綠的變做形容紫，千古文章一大抄，抄得老師給我批「才華橫溢」，眞是天曉得！

●說到正題

讀初二時，第一篇小說「春寒」，刋登在一個當時也是學生創辦的刋物「星火」上，是國文老師推薦去的。接著另一個刋物「螢火」又刋登了我的第二篇小說「玫姐之死」。沒有稿費，可是得到了杜斯妥也夫斯基的「罪與罰」和「卡拉馬助夫兄弟們」兩本文學巨著。如果說寫出來的東西變成鉛字被很多人看見，就算是從事寫作工作了，那我的筆墨生涯可以說從此開始吧？

上初中三時，濟南高中的同學們辦了一個大型(十六開本)的月刊「華蒂」，其實，眞正的主持人物是那時讀正誼中學的張春橋，也就是中共四人幫中的那個人物。我是由一個算是男朋友的馬吉峯拉去寫稿的，當時馬的筆名叫蘄紅，我就取名黃鳳，還有一個藍容，一個白鷗。五色之中獨缺黑，大家就說張春橋該叫黑奴。這段時間我寫的很雜，只記得一首詩題是「敲石子的女孩」，其中句子：「沈重的鐵錘，舉起，敲下，白石片片，青春片片。」記憶的一點也不完整，但當時已感到幼稚可笑，從那時，我發誓不再寫詩(新詩)。

第一次拿到稿費，是讀高二時寫的一篇八九千字的小說「赤背」，刊登於山東民國日報副刊。那兩塊四毛錢，我買了上海良友出版公司靳以、丁玲、穆時英等當時名作家的十本書，啊！滿足啊！但，那也是我那段歲月中最後一次稿費。

●一段空白

爲了賭一口氣(不知和誰賭氣)，高中二分組時我就選了理組，啃(該用K)大代數、解析幾何之餘，雖然也流覽了文組必修的文學史等，但，考大學仍然沒選文學系或國學系，在北平私立中國大學我讀的是化學系。那時華北已淪陷，在抗戰勝利後我們被認爲是「僞」學生，我並不以爲忤，因爲我是沒認眞讀書向學，有學生之名，無學生之實的「僞」學生。四年的荒嬉，對我也不無好處，否則，後來我就無法替名藝人章翠鳳寫「大鼓生涯的回憶」，以及替顧正秋寫「舞台生活的回顧」了。雜耍國劇各方面的知識及欣賞能力，都是這段時間不務正業而獲得的。

卅二年我離開故都奔長安，投筆從戎，直到三十五年勝利還都，那麼長的歲月中，我眞的而且絕對的投筆，任什麼也沒寫(這六、七年是我筆墨生涯的空白)！可是那年夏天一到南京，就發現一本當時流行二十開本的刋物京滬報上，竟然有我的名字，題目是「不是情書」，原來我的家信，都被丈夫大人盜賣版權了。(京滬報的主編是徐蔚忱先生，我的大學同學，民國三十八九年間曾任中華日報副刋主編。)賺稿費如此容易，爲什麼我不再寫？

●大磨銹筆

南京益世晚報創刋，我去當了副刋編輯，徐蔚忱要北歸探親，京滬報的編務也交給了我。初生之犢不怕虎，不是勇敢，而是無知。有人說學寫作是「把筆頭磨亮」，我的一枝銹筆在此時眞是大磨特磨。在副刋「石頭城」上，以劉姥姥筆名寫雜文，也就是現在所謂的方塊，以柳燕的筆名寫每週小說。在京滬報上以劉翼鵬的筆名寫專題報導，一篇夫子夜遊記，使該報的老板楊慕神父直問：「這是那個報的記者？」只是不論寫好寫壞，當時絕沒想到這些碎箋零篇可以集之成書。寫書的人該是眞有成就的大作家，自己還不敢大膽妄爲到那程度。

卅六年秋風吹動遊子鄉愁，離開南京回北平。那裏有我的家，有我的親人，就是沒有逼我寫文章的工作或動力，又是兩年空白。

三十八年四月底我來到台灣，全民日報的副刋「碧潭」等著我，原本的主編是採訪馬克任先生兼任，他定了碧潭的風格是純文藝的，我接下來當然蕭規曹隨，在他的那篇寫華清池的「一代王朝，從此休矣！」之後，我又用類似的筆調寫了故都拾憶。反正我會抄會仿嘛，只是那時肯欣賞純文藝(其實該說是純文學)的作品的人不多，寫好散文小品的人更少，在總編輯林志烈先生的指導下，副刋一變再變，稿源仍是不暢。八千字的地盤總不能塡滿啊，我的銹筆就大有用途了。記得中秋那天除了兩首詩，其餘一篇中秋舊夢，一篇嫦娥不悔，一篇月是故鄉明，都是我一人寫的，只是在遣詞造句方面力求不同而已。反正自己寫，不開稿費，報社方面也樂得如此。

●又賭一口氣

從三十九年開始，女作家漸漸各展長才，出露頭角，可是偏有人說：「她們只會寫寫身邊瑣事而已。」我是個鼠肚鷄腸好和人賭氣的人，聽了此話當然萬分不服，所以當時我所寫的，絕無一字提及丈夫或兒子。被暢流退稿後，後來英愷玄先生又當面相邀，我說：「我不再給你退的機會。」他竟說：「我不知道你是位女作家呀。」我心想：「女性爲何優先？不寫。」後來換了吳裕民先生主編暢流，他登門訪劉枋，我殷勤接待，他一再問：「你先生不在？」我說：「你是找他還是找我？我是劉枋。」

四十一年「文壇」創刊，三個臭皮匠，穆中南、王藍、我，關起門來自封官兒，分任社長、總經理和主編。我最自傲的就是這一點了。我編的那七期，內容水準最整齊。每期我佔五六千字的一篇散文地盤，後來我的第一本書「千佛山之戀」，文壇發表過的散文居多。又有閒話傳到我耳中：「女作家也只有張漱菡、郭良惠能寫點風花雪月的言情小說而已。」我發了牌氣：「誰說的？寫篇給你們瞧瞧！」，於是我寫了「北屋裡」，又寫了「清明時節」。明知這不是個好標題，穆中南就提筆給改成「未完案的愛情」。後來彭歌先生用綠墨水給批上「內容值兩個中華文藝獎，題目該打四十大板。」當時大家都年輕啊！好可愛的往事、好難忘的往事。

●眞正煑字療飢

四十二年我家庭發生變故，一時又沒找到工作，幸蒙張公道藩給我替中廣公司寫廣播劇的機會，有這筆固定的稿費才免於凍餒。當時我們的執筆人陣容，固定每月交一劇本者四人，趙之誠、劉非烈、朱白水、我。機動者一人，王鼎鈞。也就是說，那個月有五個星期天，這一次就由王執筆。兩年中至少也寫了近二十個劇，我的「陋巷天使」廣播集裏只收了五個本子。原因是當時我寫應景的和有新聞的劇本較多，有藝術價值的少。這是因爲我不會用嘴說故事，每月由邱楠先生主持會議討論劇本內容大綱時，我總是懦於言，三句兩句就交待了我的構想，不像他們幾位，只聽故事敍述，就動人萬分。我筆下比較快，有新聞性的事件，決定了，廿四小時之內我一定交卷。通常我要交劇本時，晚飯之後，一杯濃茶，再預備點巧克力糖、花生米等可嚼之物，從晚上八點鐘坐下來寫，翌晨八點之前，兩萬字的劇本絕對出貨。

第二度完全賣文爲生，是自五十二年開始，用狄荻筆名給大華晚報甜蜜家庭版寫專欄「齊家秘訣」，接著是「假如我成了家」，再是「假如我遇見她」。用柳綠蔭筆名給新生報家庭週刊寫談吃、談美，當時還不時寫寫短篇小說。「顧正秋的舞台生活回顧」，是中國時報連載的，中間我還做了一件善事義行，就是替章翠鳳寫「大鼓生涯的回憶」，當時每月萬字，稿千元，是偏高的價錢。文章我寫，稿費她花，出版後版稅也全部歸她所有，因爲她比我更窮，她會唱，沒人要聽，我會寫，尚可賣錢。她連自己名字都寫不好，所謂她口述，實在是我胡編，把我對這方面的知識都用進去了。正好我會將京片子口語化，寫的十分像說的。替顧正秋寫稿是頗有賺頭，稿費千字一百五十元，版稅六千元，全書當時獲得二萬元，那年月，算是不少了，可惜的是，當再版時，中國時報出版部沒知會我這執筆人，直接找了顧小姐，送她一百本書，要她簽了賣斷的約。當偶然發現書已出了第四版，追問起來，早已大局定矣，我原該再得的版稅，就此全部泡湯。

●僅有的三個短長篇

我從未寫過一部像樣的長篇，主要的是功力不夠，還有就是定不下心，坐不穩。寫短篇三五千字也好，總是不眠不休，一揮而就，寫完既不敢再看，更遑論推敲。能如此，也就是依靠別人所謂的我那點可憐的天才而已。寫長篇，構思佈局，每天固定寫若干字，三四十萬字沒有一年半載是寫不成的，我三天打漁兩天曬網的寫作方式如何能成？出版了的「兇手」、「誰斟苦酒」、「坦途」三個一二十萬字的小說，名之曰長篇，實在太短。說來可笑，「兇手」是在一個兩週休假的時間內勉強寫成的，前十天拖拖拉拉的沒寫出六萬字，後四天每天趕一萬字，結尾前那段，是一夜趕出了一萬四千字。「文壇」原說一次刊出，後來穆二哥考慮：「不能那麼捧劉枋，會讓她太驕傲。」乃分成上下兩月登完，中間他刪去部份情節，大約一萬字左右。當時我只後悔「早知如此，不如根本就少寫那一萬字，多省勁兒。」

「誰斟苦酒」是張明大姐所辦的今日婦女月刊連載，她相信我，每月只逼我一萬字，被逼了八個月，今日婦女停刊了，我的「長篇」也無疾而終，事隔十多年，一位老弟搞出版社，非要替我出本書，我手中找不到剪存稿，只有這篇缺少划水的半條魚，他看過後覺得如不寫成，十分可惜，他的鼓勵使我又用了一周時間，連改既有的，再寫未完，勉强算是成功了。排好後我沒校對，因爲自己不忍卒睹。

心中也曾有個計劃，寫一個自七七抗戰開始，到播遷來臺爲止，就以自己的眞實生活爲背景。我的剛正的老父、慈祥的老母，和我們九姐弟，定題是「龍生九子」，三次開頭，都是寫了萬把字就擱下了，原因是我刻畫不出我父親那嚴正的形象，對他老人家，我越是記得清楚，越是寫來不像。

「坦途」是應省政府新聞處之約寫三輪車改業計乘車的故事，拿了人家稿費，拖了一年沒寫出來。那年一次國際文藝作家的什麼集會，大家去日月潭參觀，必須去面對付我稿費的吳昆倫先生，只好連開幾個夜車，那天到了日月潭，我說「稿已帶來，回去之前一定交你。」於是大家座談、遊湖、吃飯我都不參加，悶在房裏，揮汗苦寫。第二天登車回程時，我奉上了我的「大作」，九萬四千字。欠新聞處六千字稿費，第二年才用一個短篇補足。這之間，倒也還寫了近二十篇的短篇小說，出版了「小蝴蝶和半袋麵」以及「慧照大亮的春天」兩個集子。

●再度空白後

自六十一年起到六十五六年，這四五年間我沒寫過一個字，說是再度空白其實是第三度停筆。原因六十一年我開刀割瘤，六小時的痲醉，病好後記憶力衰退得可怕，提筆忘字，而且根本不能集中思維。原本我就沒把自己的「筆涯生活」當做一回事，我不寫對誰都無害，何必勉強自己！原說就此罷休，不再每搜索枯腸之苦；可是，一方面因爲身爲中國婦女寫作協會的常理兼總幹事，人無法離開「文藝圈」，一方面好朋友一致說：「你很有寫作天才嘛，不寫太可惜。」

「文壇」由朱嘯秋兄接辦，我不能不捧他的場，故都故事每月一題三千字，寫了三年。「快樂家庭」特約我寫文友羣像，每月一人，寫了三十三人，「消費時代」約寫關於吃的文章，四五年間也寫成近十萬字。今天，當執筆寫此文時，寫關於文友的那三十幾篇，已定名「非花之花」，由采風出版社排好付印，即將出書；談吃的短章也定名「吃的藝術續集」，大地出版社在排印中。故都故事交給了黎明，他們嫌故事不夠，要我補寫兩篇。嘯秋兄的序都發表了半年多了，我該補的文章還不知在那兒。不過快了，當我寫完此文後，即將離開台北，南下朝佛光山，拜星雲大法師。不是旅遊，而是在那兒長住。當誦經參佛之餘，可能將已計劃好的「魂縈故土」、「浮生散記」一系列的散文寫完。這兩項前者原已寫了「塞上除夕憶從頭」，請中副發表，不想被改爲「塞上憶趣」，剪頭去尾，完全不是我的原意。這等於打了我一記悶棍，令我半年以來，一直意興闌珊，連原要接著寫的憶江西、長安、洛陽等文，也遲遲動不了筆。後者早幾年已寫了「啖心記」、「遇狠記」、「戒賭記」……接下來如「變性記」、「從軍記」等題目也已列了二十有一。

有人說人生七十才開始，我七十歲時可能眞的開始另一種生活，剃去煩惱絲，不問紅塵事。在這之前的三兩年裏，把該寫的、想寫的，在那個清淨的環境，都好好的寫將出來。

當年家塾老師識人不明，說我有天才；後來朋友不好意思說我學養不足，也只能說我有天才，天才天才眞的害死了我，假使我不是被天才兩字沖昏了頭，當年該有些足以享人的小說或散文。可是五十年來，我的幾本爛書，那本是看了不使自己臉紅的？如今還談什麼筆墨生涯，說來眞是慚愧呀慚愧！

（原題「天才誤我五十年」發表於74年10月「文訊」20期）

■劉枋作品目錄

書名	類別	出版者	出版年月
①千佛山之戀	散文	今日婦女社	民國44年
②逝水	小說	大業書局	民國44年
③兇手	小說	文壇社	民國50年
④假如我成了家	雜文	立志出版社	民國53年
⑤顧正秋的舞臺生活回顧	傳記	中國時報社	民國59年
⑥烹調漫談	雜文	立志出版社	民國54年
⑦坦途	小說	台灣省府府新聞處	民國57年
⑧小蝴蝶和半袋麵	小說	立志出版社	民國58年
⑨大鼓生涯的回憶	傳記	傳記文學出版社	民國58年
⑩陋巷天使	廣播劇	中國婦女寫作協會	民國58年

⑪我及其他	散文	三民書局	民國60年
⑫吃的藝術	雜文	大地出版社	民國64年
⑬劉枋自選集	選集	黎明文化事業公司	民國64年
⑭誰斟苦酒	小說	時報文化出版事業公司	民國65年
⑮慧照大院的春天	小說	台灣商務印書館	民國63年
⑯女作家的動物園	編選散文	東英出版社	民國65年
⑰女作家的植物園	編選散文	流芳出版社	民國66年
⑱假如我遇見她	雜文	東英出版社	民國67年
⑲故都故事	散文	黎明文化事業公司	民國73年（大地出版社民國77年再版）
⑳非花之花	散文	采風出版社	民國74年
㉑吃的藝術續集	散文	大地出版社	民國75年

■劉枋作品評論索引

篇名	作者	期刊名	刊期	時間	頁次
①讀劉枋「千佛山之戀」	歸人	暢流半月刊	11卷7期	44年5月	頁20~21
②試析劉枋著「小蝴蝶和半袋麵」的構成	金蕾	青年戰士報		58年4月22~24日	7版
③推介兩本好散文——女作家的「	雙玉	中華日報		67年2月27日	9版

動物園」與「植物園」(劉枋主編)				
④讀劉枋編「女作家的植物園」——新的伊甸園	張秀亞	中華日報	67年6月29日	11版
⑤「女作家的植物園」(劉枋主編)	唐潤鈿	中央日報	67年7月19日	11版
⑥劉枋的「千佛山之戀」和「逝水」	司徒衛	五十年代文學論評	68年3月	頁179~184
⑦另種飄逸的劉枋	夏楚	青年戰士報	68年6月23日	11版
⑧「非花之花」跋	姚家彥	非花之花	74年9月	
⑨評「千佛山」及「逝水」	司徒衛	五十年代文學論評		
⑩評小蝴蝶和半袋麵	金蕾	青年戰士報		
⑪評凶手	鍾梅音	中央日報		

《作品選》

我的註解

我是一個極有自知之明的，一直承認自己是個渺小到不能再渺小的人物；任何時間，任何場合，從沒想到要別人提起我或注意我過。如此，多少年過去了，我無聞，我很平安。

不幸（按常理說該是榮幸），這一次的文壇雜誌竟讓我登上封面，裏面還對我有一大篇介紹，這眞是使我受寵若驚而又張惶失措的。如果說此事我事前一無所知，當然那是矯情；但，那篇介紹寫的那麼有欠莊重，內容不盡眞實，則非我始所料及。

我不知那篇介紹是何人執筆，不過，從字裏行間，我體會着應該是穆中南先生的傑作。這位文壇社長，當年的穆穆，今天的穆二哥，並非外人，我們之間的友誼已有二十五年以上的歷史；他的說話，他的爲文，我有相當的認識與了解。在很久遠以前，他就極爲「現代」了；他寫東西時，經常是省略了很多字句及意思，如同畫一個「圓」，他只淺淺勾上一條不整齊的弧線，留下其餘的部份，讓看的人以意象去添畫。於是，可能有的人認爲那是地球，另外的卻認爲那是妖姬臉上的蛾眉。也就因爲這，他寫了篇那樣的介紹，才使我不得不稍加註解。

本來，人對我的毀譽，我一點也不用介意，因爲我是個絕不影響社會國家或其他人等的小人物。只是，這次介紹我的是一本一向以正派著稱的文藝刋物，而文章又出自我老友之手，如果我不略加補充，使讀者認爲我是一事無成，只講戀愛的淺薄女人並不要緊；如若誤會到「文壇」竟捧如此一個「無行文人」，對「文壇」的損失就大了。同時，我了解穆二哥對我決無惡意，只是他把握不準的筆觸，會把原想繪成文采斑爛的猛虎，竟使人看成一身癩毛的病狗；假如我不勉强代他添上幾筆顏色，等於白費了他的苦心。

那篇介紹開始如此：「劉枋，山東濟寧人，她的父親爲法界泰斗，曾任縣長。她可能自幼失母，追隨她的父親在外讀書。所以，她自幼就受着嚴格的家教薰陶，而性格又極其放任。在十六七歲時就發育成熟了，又常着男孩子裝，人也漂亮；眞正的男孩子見了她，不免吹上兩聲口哨。」

關於我的家世，我從無向人炫耀的意思。今天的我距離那實在的已太遙遠。可是，人家文裏開頭就提起我的父親，使我不能不把先人的一切略加說明。我出生在父親任綏遠省地方審判處處長任內，後來，他升任江西高等審判廳長。他作過河北省地方法院首席檢查官，又作過天津高法院院長。在我們本省內作過八九年縣長，是他老人家認爲最不得志的事情，小小七品縣令，不是他最光榮的履歷。父親教我極嚴是事實，我自幼即任性也不假，只是那完全因爲父親宦遊在外時多，家中善艮的繼母，莫奈我何！

十六七歲時，我身高一六三公分，體重一百二十磅左右，三圍統一，頭髮短短。這種樣子，不知該否形容爲「發育成熟」？可是，記得家長人常講：「空長這麼個大個子，一點也沒有大姑娘樣兒。」我沒聽見過男孩子的口哨。那個年代，又是山東那個地方，男生們沒那種膽，女生們也沒有那麼輕佻。

的確，我是戀愛來着。從初一到高二，這五年間，我同時愛着三個對象；運動、課外讀物、和「書友」。課外時間我常在球場上，上課時偷偷的讀各種的文藝的非文藝的作品，從鼓詞的「天雨花」、「再生緣」，到老章回的「紅樓」、「三國」；從純文言的鴛蝴「玉梨魂」、「芸蘭日記」，到新章回「啼笑姻緣」；從張資平葉靈鳳等的作品，到茅盾老舍巴金；從迭更司的「塊肉餘生」，到杜斯妥以未斯基的「罪與罰」。不管懂得多少，囫圇吞棗的狂食一頓。深夜時候，才開起手電筒，爬在床上寫情書，寫給那些供給我借給我書的哥哥或姐姐們。和他(她)們很多是連面都沒見過的，可是在信上我們深情如海，也就止此而已(那個年代流行的「書友」，正如今天流行的筆友一樣)。

七七事變後，我們舉家逃難到天津，避居英租界內。那時，正是我讀高三最後一學期，功課壓得我重極，家裏卻在準備讓我出嫁，去完成那我初生時即訂妥的婚約。在這種情形下，我苦惱之不暇，怎麼能「也許在天津又鬧戀愛了。」

爲了逃婚(不是避戀)，我偷去北平，「打算以自己的力量，在這文化古都升學求上進」，是我的目的。當時我所學的科系，完全與文藝脫節是實；今天我既沒成一個科學家，穆二哥不提，當然從略也罷。

爲了沒有狠勁使父親繼續傷心，爲了一位年長者在我苦難中給了我父親式的溫情，我乖乖的跟他步入結婚禮堂。當然，這可以說是「她是當時的新女性，一腦子充滿了革命和自由，又擺脫不了舊禮教的枷鎖」。

與其說：「當她還沒物色到眞正愛的人以前就倉促的結了婚」，不如照直說：「她結婚後在情感上有些未能循規蹈矩」。反正穆二哥是以「揭根子」的態度向人介紹我，我無妨自己更加「坦白」點。不過，在當時我絕未作一枝出牆紅杏；我和另一個人那種柏拉圖式的愛戀，在他，在我自己，都覺得是無罪的。是那人領引我走向懂得文學、認識文學的眞正道路，他幫忙我反芻在中學時所閱所讀。我之所以有今天，還大半是受他的影響和啓示；在那之前，我只不過是個以愛文藝來滿足自己虛榮的無知女孩！

也就在那同時，穆二哥以「文學先進」的姿態，也在領導我；我沒膽量和他從正面枱槓，可是我並不心服。想不到事隔二十餘年的今天，他還會寫出：「如果有人跟她談一種什麼知識上的問題，那個人又不是他的愛人，她會顧左右而言他的表示她自己早已不耐了。」

一九四一年，在北平有一個愛好話劇人士和大專學生組織的「四一劇社」，我是其中一員。當時演出的，無非是現在附匪文人曹禺的一些作品。今天，當然我並不以曾擔任「北京人」、「日出」等女主角爲無上榮光；但是，在當時，卻不似穆兄所說「和她一塊演過話劇的，以後都成了名演員，而她永遠僅停留在愛好的階段上。」所表示的那麼沒出息。現在的名作家公孫嬿先生，大概可以作個證明。

我沒當職業演員，和我沒能進「山東省立劇院」學唱京戲，理由相同。一則是「家庭」不許我當「戲子」，再則我有一身不適合於女藝人的傲骨！我愛好，是另一回事。

從廿七年到卅二年，我在北平讀書、成家、戀愛(這是穆二哥寫我的主題，我不敢一時或忘)的這段時間，正是古城淪陷於敵僞之際。穆二哥的筆下好像有意替我隱諱什麼，但，我勇於承認，我是敵僞時期的學生，在那時，我演過劇，寫過稿。「而她的寫作，偏重於小品」是實；不過，我沒呼喊過「大東亞共存共榮」，我的年齡身份都不夠資格當漢奸！

卅二年總統華誕前夕，我到達西安。是從那開始，我在「大西北」上從軍，作政工、辦壁報、演話劇。但，我並沒有「正式從事戲劇工作」，仍是爲愛好而愛好，我吃的是教書的飯。穆二哥不肯寫我的履歷，我也只好不提，以免有自吹之嫌；但現在在港的明星黃宗迅先生，大概能證明此點。

卅五年秋在南京擔任益世晚報副刊「石頭城」主編，可說是我對文藝由愛好而略有貢獻的開始。在那同時，我主編另一個當時流行的方型軟性週刊「京滬報」；自己雖沒寫什麼成樣的文章，但作了幫忙作家、幫忙讀者的介紹工作是眞。卅八年五月我來到臺灣，在全民日報主編副刊。也許當時它並沒擁有廣大的讀者，因爲那報紙的銷路才幾千份，可是，在文藝工作上，那卻是眞正的拓荒。那時還沒有任何一家報紙的副刊以「純文藝」作標榜，當時，如楊念慈、孫旗、韋蕪、余西蘭諸先生，都是我那小地盤的臺柱人物，就連穆二哥，也是經常供應小說散文等等的。我認爲，如果在一個文藝刊物上介紹我，只有這一點是值得提提的；因爲在當名作家們徬徨不知所之的時候，我爲他們鋪過墊脚石。

「自她到濟南情竇初開時，到她初到臺灣，是劉枋的黃金時代，她的生活最曲折最豐富，相信不是一般女孩子所能經歷的。而她的大部的生活是戀愛、演話劇、流浪、寫作。」這一段，研讀再三，不知當如何加上註脚。我不敢批評穆二哥用詞不當；固然我只不過是個寫作而未入流的女性，但絕非什麼花花草草。他左一個「發育成熟」，右一個「情竇初開」，簡直和某個無聊份子讚另一位女作家「色藝雙絕」，同樣的令人啼笑皆非！同時，在抗戰八年中，有太多的青年男女由陷區赴後方，吃苦極多是眞；「曲折」未必。也不「豐富」。記得卅二年九月我離平前，向在上海的穆二哥寫信告別，他曾回信訓勉有加。卅六年秋我北歸後，即又相見。中間只短短三四年未通消息，想必他的經過極盡曲折離奇，才以己度人的認我亦當如是；否則，我既未「墮落風塵」，又未「殺人放火」，有什麼是「相信不是一般女孩子所能經歷的」呢？

我倒覺得在臺灣這一段生活，才是我的黃金時代；因爲，我正式的離了婚，又戀了愛。

穆二哥一再强調我的戀愛，我當然不得不對這註解得越詳越盡。來臺後，當我已經不是「荳蔻年華」了，我又「鬧戀愛」了。這是我的眞正的第二次戀愛，在我是傾全心全意甚至於整個生命以赴，可是這件事卻既不香香豔豔，也未風風雨雨。與文藝，與社會風化，與所有文藝界中人，與我的寫作，一概無關。對方是個平凡的青年人，他欣賞我也了解我，於是我們靜靜悄悄，平平凡凡的互相愛戀着了。我們情感如一溪清水，潺潺緩緩的流着，流着。一年，兩年，三年……直到三年前，我們相愛的第十三個年頭，這不祥的數字那年，溪流的另一個源泉改變了河道。我曾痛苦，是人情之常。但是，我不恨，不怨尤。「相愛了又相失，總比沒愛過的好。」願借這英國詩人的名句，說明我的知足。

我的戀情沒有不可告人的。我的作人哲學是「寧作眞小人，不作僞君子。」到今天，我也作成了「

書有未曾經我讀，事無不可對人言」。照穆二哥的說法，我是一個一再鬧戀愛，其他別無所能的人；不過我戀愛是純為了戀愛而戀愛，如同我愛文藝、愛演劇一樣的只是為了「愛好」。從我長到如今二三十年裏，我從沒有以「女人」自居，借「戀愛」為手段，以謀取登龍什麼的。同時，既沒鬧過桃色糾紛，也沒製造過桃色新聞，我以為，我的私生活並無被公開介紹的必要。

「文壇創辦之初，劉枋是主編，她才開始寫小說，她的第一篇小說記得是『北屋裏』亦發表於文壇。」

由這一段看出穆二哥眞是念舊的。他沒忘我當初主編文壇由創刊號到第七期那一年裏所受的艱難困苦。那時，穆二哥是發行人，借紙、賒印刷、搞發行，都不是好營生；社長王藍，寫稿、拉稿、拉廣告，也極辛苦。我這主編工作較為單純，計劃內容；邀人執筆、催稿、編印，最後是捨面皮，搪「稿費債務」(那時文稿都無稿費)。其心情上的沉重，對朋友人情上的負荷，則不僅「辛苦」，簡直「心苦」；至於跑工廠、當校對，些些瑣事，還不在話下。

我想，今天穆二哥是想向讀者介紹當「文壇」初生時候我曾是那盡過哺育之責的保姆、乳娘，而不是表示只有文壇才提拔了我。我的第一篇小說該說是『早在濟南時，她已開始投稿了』時，所發表於山東民國日報副刊上的「赤背」；但如嚴格以求，直到今天，我不過是寫了些雜七雜八的文字，出版了幾本不三不四的集子，何嘗夠得上說有一篇眞正的小說。這也就是為什麼我存了近三十萬字發表過的短篇，十多萬字發表過的散文，以及兩個六七萬字的中篇，一直沒獲得出版成書的機會了，它不是「傑作」嘛！

「我們一再的介紹劉枋是眞正代表一個受五四運動的洗禮而出身舊家庭的女性，(其實有太多的這類女性，不過劉枋不肯學她們掩飾會忍耐而已。)所以她的愛情會失敗，她的工作會失敗，但她在寫作上應當成功；因爲她的生活豐富，她是聰明而敏感的。她在這十三四年來對文學已經有了相當造詣，而她，心情也應該平靜了，時間也足夠。這正是她寫作的時代。」

這一段「結論」，使我更感困惑。我生於五四運動的那年(見身分證)，開始接受學校教育在北伐成功之後，我從沒感覺到「五四」會如何對我施以洗禮。同時，我「不會掩飾」的是什麼？「不會忍耐」的又是什麼？我自問，無以自答。「愛情會失敗」，大概是指我離過婚。可是，假如「愛是奉獻」這話能成立，我奉獻過，誠誠實實的；我並沒作任何鬥爭，失敗何來？「工作會失敗」，是說我主編文壇時沒搞好？還是說當我在教育電臺主持「文藝橱窗」時沒盡心？如果指的是我在臺製、在省婦女會、婦聯總會的服務；那麼，我必須請教了；在我於那些機關團體當職員的時候，我沒有失職瀆職，也不是被免職撤職。不想繼續那份工作辭職而去，就叫做「失敗」？那麼相對的所謂「成功」，該是在一個沒有陞遷制度的團體裏當小職員直到老死？

穆二哥對我是教訓慣了。就以這次他向我要像片說，我因爲從不懂「搔首弄姿」，一直沒照過所謂的好照片；爲了求其「眞」，給他的是去冬爲換身分證照的一寸快像。我以爲我的美醜無關於我的寫作，他來信卻訓曰：「我請你把過去的照片檢查一遍，看是否有可用的，而你竟找不出一張；你雖不算貌美如仙，也不比別人醜，像這類事都不能注意，可看出你對事物的看法和處理了。」所以，假如是當他執筆寫那篇介紹時，恍惚間以爲又是在面對着我訓話，則不論如何挖苦，如何玩笑，我都該忍受，而我的註解也許是多餘的了。

選自「劉枋自選集」(台北，黎明，一九七五)

畢璞

●**畢璞**，本名周素珊，民國十一年生，廣東中山人。廣州嶺南大學中文系肄業。曾任大華晚報家庭版主編、公論報副刊主編、中國時報董事長秘書。著有散文「心灯集」、「心底微波」、「心靈漫步」、「無言歌」、「春花與春樹」，小說「故國夢重歸」、「風雨故人來」、「心靈深處」、「秋夜宴」、「黑水仙」、「出岫雲」、「清音」、「明日又天涯」，以及兒童文學、翻譯小說、傳記等多種。現任中央婦女工作會專任委員、「婦友月刊」主編。

三種境界

已經是第三次寫「筆墨生涯」這個題目了。

第一次大約是二十年前，中央副刊以這個題目向作者徵文。那個時候我正處在寫作的狂熱中，當然不肯後人的也寫了一篇去湊熱鬧，我的題目是「做一個沉默的耕耘者」。沉默寡言是我的本性，一個筆耕的人也不需要多言，我那篇蕪文倒是十足的寫實之作。只是，流光逝去二十年，思想的層次已不盡相同，如今再回頭去讀那篇小文，竟有幼稚之感。

第二次是去年大華晚報淡水河副刊邀約爲他們的「筆墨生涯」專題所寫的「寫作是永遠不必退休的行業」，發表的時間距離今天剛好是一年零一個月，想法無殊，但是我却不希望兩篇文章的內容一樣，因此，寫來也是費煞苦心的。

●感謝三個人

每一位作者談到自己的寫作生涯，一定會細說從頭，當然我也不能例外。我爲甚麼會對文學發生興趣，爲甚麼走上寫作這條路，我想我要感謝三個人。第一位是我的父親，他在我的童年時代便教我讀唐詩、對對子，而且還買了好多兒童讀物供我閱讀；使我小小的心靈開始對文學生出憧憬。

第二位是我在小學五年級時的國文老師麥炳榮先生。我還記得他是一位戴着深度近視眼鏡的青年，對學生們親切得有如兄長。他選了許多五四時代的新文藝作品教我們讀，讓我們知道了謝冰心、蘇梅、盧隱、徐志摩、朱自清這些作家的名字。有一次，麥老師把一幅風景畫貼在黑板上，叫我們寫一篇文章描寫。畫裏有夕陽下的樹林和一間烟突裏冒着炊烟的小屋。我一看就愛上了這幅水彩畫，一時間福至心靈，下筆居然十分暢順，成績爲全班之冠，麥老師還大大的誇獎了我一番。現在回憶起來，這篇作文，也可算得上是我從事文藝創作的奠基之作吧?

另外一位我的文學啓蒙人是小學六年級時的國文老師冼鳳樓先生。他跟麥老師剛好相反，是一位典型的老學究。他乾乾瘦瘦的，戴着副黑框眼鏡，外形跟印度聖雄甘地有點相似，我們這些學生就偸偸給他取了「甘地」這個綽號。年輕的麥老師灌輸我們以新文藝的知識，年長的冼老師則爲我們開啓了中國古典文學的大門，他大量地從「古文觀止」、「唐詩三百首」、「白古詞譜」中選取教材，還要我們背誦。儘管我們對那些優美的古典文學只不過是一知半解；然而，假使我現在還能記憶一些古文或舊詩詞的片段，都可說全是那個時期的背誦之功，而不是後來在中學、大學裏學來的。

小學畢業，升上初中，我混沌初開的文學意識逐漸形成，也因爲開始沉迷於古典章回小說和新文藝小說而變成了一個小書呆子。我偸偸地學寫舊詩，寫了却是秘不示人，而又隱隱以小詩人自居。從十三、四歲開始，我寫了不少强說愁的舊詩詞，都用毛筆抄在一本用宣紙裝釘而成的簿子上，還用灑金紙做封面，題名「危樓吟草」。這種生澀的舊詩，我寫了差不多十年，一直到結婚以後，詩心被孩子的奶瓶尿布，還有現實生活中的柴米油鹽嚇跑，從此也就跟平平仄仄和一東二冬三江四支……絕了緣。

●回首三十年

雖則我早在民國三十二年就發表了生平的第一篇文章投稿，以後也偶然發表過一些不成熟的作品；不過，正式加入文藝的陣營，那還是民國四十二年以後的事。驀然回首，又已邁過了三十幾個年頭。

王國維在「人間詞話」中談到古今成大事業大學問的三種境界：「昨夜西風凋碧樹，獨上高樓，望盡天涯路。此第一境也。衣帶漸寬終不悔，爲伊消得人憔悴。此第二境也。衆裏尋他千百度，驀然回首，那人却在燈火闌珊處。此第三境也。」我覺得，從事文學或者藝術創作的人，也必定會經驗過這三種境界。

以我個人而言，剛起步學習寫作時，一切全憑摸索，亂寫一氣。那個階段，我又寫又譯，不論實用稿、雜文、散文、小說、兒童故事，甚至廣播劇，我都寫過；說得不好聽，簡直是個寫稿匠。這個階段，可說等於王國維所說的第一個境界。獨自暗中摸索，前途渺茫，豈非是「獨上高樓，望盡天涯路」？

到了五十年左右，我漸漸摸到了自己的路子，專寫短篇小說和散文，而不再胡亂塗鴉、粗製濫造。這時正値盛年，銳氣尚未消失，衝勁也還存在，我寫得很努力，也寫得很多。一股狂熱支持着我，竟然一日不可無此君，只要有一星期寫不出文章，就會嗒然若喪。這正是我寫作的第二個階段：「衣帶漸寬終不悔，爲伊消得人憔悴」，是一種生死與之的情感。

狂熱終有一天會冷却，漸漸地，隨着年齡的增長，我對寫作已沒有當年的痴迷與執着，近年更是產量大減。很多第一次見面的人總是這樣對我說：「我在做學生的時代就拜讀過你不少的作品了，我好喜歡你寫的散文(小說)。現在爲甚麼很少看到大作呢？」

幾乎是千篇一律的問題，教我如何去回答？已經寫不出來了？不，倒還不到江郎才盡這個地步。工作太忙？也不，現在再忙也比不上當年孩子幼小時內外兼顧的狼狽吧？事實上，就是因爲熱忱不再，而有點意興闌珊，不想勉强自己。這種心情，雖然還不到「驀然回首，那人却在燈火闌珊處」的境界，却也不遠了。但是，這種心境上的轉變，又怎能爲外人道？

在寫作的路途上踽踽獨行了三十餘年，雖說參透了兩種少壯的境界，而且行將邁入成熟的第三境；但是，說來慚愧，到現在還沒有寫出一篇令自己滿意的文章，既未得過任何獎章，也沒有出過磚頭巨著。唯一有形的收穫是出版了三十三部薄薄的單行本，這裡面，包括了中、短篇小說、散文、雜文、傳記文學、兒童文學和翻譯小說。

在這三十三本書裏，最早的一本短篇小說集「故國夢重歸」出版於民國四十五年；然後，過了幾年，才又由皇冠出版社出版了我的第一本中篇小說「風雨故人來」。記得那個時候，中廣有一個小說選播的節目曾經播過我這篇小說，他們用布拉姆小提琴協奏曲的第二樂章做配樂，播音員充滿了感情的磁性聲音加上盪氣迴腸的琴音，聽得我和孩子們如醉如痴。現在回想起來，在那個沒有電視機的時代，家庭生活似乎更加溫馨與融洽。

那個時代，小說很受歡迎，散文則不受重視；因此，我在出版了五本小說之後，到了五十七年才出版了我的第一本散文集「心燈集」。從五十七年到六十八年，可說是我的豐收季，在這十一年中間，有一年出版三本書，也有四本的，最高紀錄是五本。然而，十年河東，十年河西，近年來，出版商有志一同的摒棄小說而偏愛散文，散文比較難寫，字數又比小說少得多，想湊成一本十萬字的選集本已不容易，何況我寫的散文又特別短(有一個時期我專寫一千字左右的抒情小品，自嘲爲「千字文作者」)？自從七十三年九月由大地出版社出版了我那本散文集「春花與春樹」後，下一本書簡直是連胚胎都還沒有成形。

●老驥伏櫪

三十年光陰如逝水，轉瞬之間，已白了少年頭。既然已經走上了這條爬格子的路，雖然有點寂寞，但也曾給過我不少歡樂，倒是沒有甚麼好怨尤的。好在這是一種最自由的職業，只要你高興，有時間，有精力，不妨隨意發揮。興趣缺缺嗎？也沒有人强迫你寫，你儘可以暫時怠工，把筆放下。這種職業很適合於我這類沉默、內向、不善逢迎、不擅交際的書呆子型人物，我很高興我當年選擇了它。

我既然沒有後悔自己走上了寫作這條路，又說過它是一種永遠不必退休的行業；那麼，看樣子，我是注定了此生還是要與筆墨爲伍了。當一個人行將進入驀然回首這種境界時，心裡多多少少總會有着一份歷盡滄桑的荒涼之感。還好，這種感受不是黃昏日暮的悲哀，而是老驥伏櫪的壯懷。今後有生之年，但願能寫出一兩篇有份量的作品，也就無憾了。

（原發表於75年4月「文訊」23期）

■畢璞作品目錄

書名	類別	出版者	出版年月
①故國夢重歸	短篇小說	文友書局	民國45年10月
②風雨故人來	中篇小說	皇冠出版社	民國50年11月
③十六歲	中篇小說	大業出版社	民國51年6月
④心靈深處	短篇小說	光啓出版社	民國53年1月
⑤一個眞的娃娃	兒童文學	省教育廳	民國55年5月
⑥寂寞黃昏後	短篇小說	商務印書館	民國56年3月
⑦難忘的假期	兒童文學	省教育廳	民國56年4月
⑧心燈集	散文	立志出版社	民國57年9月
⑨春風野草	中篇小說	博愛圖書公司	民國57年6月
⑩秋夜宴	短篇小說	水牛出版社	民國57年8月
⑪陌生人來的晚上	短篇小說	皇冠出版社	民國58年2月
⑫綠萍姊姊	短篇小說	東方出版社	民國58年9月
⑬心底微波	散文	驚聲出版公司	民國58年12月

⑭再見秋水	短篇小說	三民書局	民國59年2月
⑮橋頭的陌生人	短篇小說	立志出版社	民國60年7月
⑯心靈漫步	散文	彩虹出版社	民國64年1月
⑰無言歌	散文	水芙蓉出版社	民國64年4月
⑱黑水仙	短篇小說	水芙蓉出版社	民國66年3月
⑲烽火一麗人	翻譯小說	長橋出版社	民國67年1月
⑳逃婚記	翻譯小說	長橋出版社	民國67年9月
㉑畢璞散文集	散文	道聲出版社	民國67年9月
㉒溪頭月	短篇小說	學人文化公司	民國67年9月
㉓莽莽水野	翻譯小說	長橋出版社	民國68年1月
㉔冷眼看人生	雜文	水芙蓉出版社	民國68年3月
㉕秋瑾傳	傳記	近代中國出版社	民國68年5月
㉖心在水之湄	散文	道聲出版社	民國68年7月
㉗出岫雲	短篇小說	中央日報社	民國68年9月
㉘逃	翻譯小說	學人文化公司	民國69年7月
㉙清音	短篇小說	水芙蓉出版社	民國70年9月
㉚午後的冥想	散文	堯舜出版公司	民國71年6月
㉛革命筆雄章太炎傳	傳記	近代中國出版社	民國71年6月
㉜化悲哀為力量	兒童文學	近代中國出版社	民國72年6月
㉝春花與青樹	散文	大地出版社	民國73年7月

㉞明日又天涯	小說	采風出版社	民國76年3月
㉟畢璞自選集	合集	黎明文化公司	民國76年12月

■畢璞作品評論索引

篇名	作者	期刊名	刊期	時間	頁次
①評畢璞著「十六歲」	兆眉	中國時報		51年12月12日	7版
②初戀的聖經——簡介畢璞的「十六歲」	江石江	晨光	10卷12期	52年2月	頁27
③無可奈何的人生——讀畢璞的「溪頭月」	詹悟	中央日報		70年4月8日	10版
④高樓喜見一花開——「畢璞散文集」自序	畢璞	中央日報		67年8月6日	10版
⑤女作家羣的書(其一畢璞的「溪頭月」)	陳其茂	中華日報		67年11月30日	9版
⑥冷眼看人生(畢璞)	鄭雅仁	出版與研究	48期	68年6月	頁31
⑦讀畢璞「心在水之湄」——採自生活中的穗實	鮑曉暉	中央日報		68年11月28日	11版
⑧「春花與春樹」	匡若霞	中華日報		73年11月5日	9版
⑨「第一次眞好」賞析	吳正吉	國語日報		73年12月9日	
⑩長春樹的美果——讀畢璞的「春花與春樹」	涂靜怡	文訊月刊	16期	74年2月	頁129～130
⑪爲飮佳茗的小說	芯心	大華晚報		76年5月29日	
⑫人生衆生相	鮑曉暉	大衆報		76年5月29日	
⑬溫柔敦厚的組曲	楊柳青青	新生報		76年6月21日	

《作品選》

四十顆紅寶石

眞想不到，在高中時以爲自己活不過三十歲，又說過要抱獨身主義的我，彷彿才不過彈指之間，竟然從爲人妻、母而成爲一個擁有四個兒子五個孫兒女的祖母，到今年國慶日，就要慶祝我們的紅寶石婚了。四十年，在想像中是何其遙遠；可是，當你已經渡過了四十年，便覺得那只不過是一瞬間的事。

在高中的時候，有一個同學會看手相，她看過我的手掌後就說我會短命，恐怕活不到三十歲。當時雖然有點惶恐；但是在一個十六七歲的孩子的心目中，三十歲是極其遙遠的，過了沒多久，短命的陰影便從心頭消失。倒是我們那位艷如桃李、冷若冰霜的老小姐校長，使我由崇拜而心儀，忍不住在母親面前誇下海口：我將來也不要結婚，要做校長！

當然，那只不過是童言無忌罷了！幾年以後，還不是跟少女一般，也開始交男朋友，談戀愛。然後，在兵荒馬亂的貴陽，我遇到了因爲投稿而結識曾有幾面之緣的仲，我們一同間關北上，到抗日的聖城——陪都重慶去。他繼續辦他的雜誌「宇宙風」，我也考進了一個文化機構做一名起碼的職員。那時，我因逃難而失學，又與父母家人失去聯絡，獨在異鄉爲異客，雖然生活不成問題，但是却也孤零無依、惶恐不安。長我七歲的仲，像父兄一樣處處呵護我，對我照顧得無微不至，他出身基督教家庭，我上的是教會學校，這種淵源，使得我們在興趣上有許多共同之點，我們都愛唱旋律優美的聖詩和英文藝術歌；無數的夜晚，我們坐在燭光下曼聲同唱，愛苗就在歌聲中暗暗滋長。而海棠溪、北碚、歌樂山、黃桷椏……這些地方，也佈滿了我們雙雙的脚印。

那年(民國三十四年)的八月十五日，我們正坐在重慶一家咖啡店裏，啜飲著用黃豆粉製成的咖啡，吃著用黃豆粉製成的蛋糕時，忽然從門外衝進幾名美軍，他們一面跳躍著、一面用英語大叫：「日本投降了！我們可以回家了！」；然後又走過來跟每一個人握手，祝賀我們抗戰勝利，這從天而降的喜訊，使得我們也高興得跳了起來，八年的浴血抗戰，多少人家破人亡，妻離子散；如今，勝利來臨，我們終於又可以過太平歲月了！興奮和喜悅使得我們再也坐不住，我們走出咖啡店，要把我們的歡樂與大衆共享。這時，勝利的消息已傳遍全市，街頭上爆竹聲開始此起彼落，每一個人不論相識與不相識都笑臉相迎，互相恭喜，就像過新年一樣，然後，九月初，重慶市有一次慶祝勝利大遊行，我在仲位於中正路的家的窗口，居高臨下地觀看，在萬人空巷的盛況中，有幸看到蔣委員長坐在敞篷的汽車上緩緩前進接受民衆歡呼；雖然因爲距離太遠而看不清楚；但是，當時舉國歡騰的情景却是令我刻骨銘心，經過四十年而仍然活鮮鮮地呈現在眼前。

那時，距離我和仲在貴陽邂逅才不過大半年；然而，我們都已愛得很深，有互許終身之意。只是，國家多難，個人身世也似飄萍，匈奴未滅，何以爲家呢？如今，勝利來臨，正是青春作伴好還鄉的良機；於是，我們選定了國慶日作爲我們的吉日，取其國家雙慶的好兆頭。十月一日，我們先舉行了簡單的婚禮，我在重慶是孤家寡人一個，婚宴只有他的母親、弟弟、妹妹和幾位至親好友參加。我們沒有洞房花燭，宴會散後，他就送我回宿舍去。然後，國慶日那天，我們登上南行的公路車，這才開始蜜月旅行。我們經貴陽、柳州、桂林、梧州而回到我的老家廣州，憑著八年前的記憶找到了我的姨母，這才知道我的父母和弟弟妹妹們因避戰禍而住在附近的鄉下沙灣。那時的鄉村根本沒有電話，無法事先通知他們，我和仲就急急忙忙地搭上一艘輪船趕去，我現在還記得，沙灣是一個很整潔的鄉村，石板街上的石板都滑溜溜地光可鑑人。父親那時大材小用地在沙灣中學教書，走在街上，我們向小孩子打聽周老師住在那裏，小孩子立刻自告奮勇帶我們去。當我和仲出現在我的爸媽面前時，那種「恍同隔世」、「乍見翻疑夢」的感覺，眞不是流淚和擁抱這些動作所能表達的。弟弟、妹妹都聞聲跑出來，他們都在分別後的一年內長大了很多。爸媽對他們那從未謀面的女婿很感滿意，也沒責怪我沒有徵求雙親同意就擅自結婚。畢竟，我已成年，何況，在兩三個月以前還是亂世？

在寧靜、淳樸的沙灣住了幾天，享受了說不盡的天倫之樂；然後，我們便得回廣州開拓前程。很順利地，我們在廣州的文化地區文德路租了一層樓房，作爲「宇宙風」的社址和我們的第一個家。在華路藍縷中，「宇宙風」終於復刊。那層樓房相當大，家裏經常有客人來往，住到家裏來的朋友也不少；仗著年少的豪情，我們也儼然隱隱以孟嘗君自況。一年多以後，長子元降世，在沒有經驗的手忙脚亂中，我經常一手抱著嬰兒，一手替「宇宙風」校對，不但不以爲苦，還怡然自樂。

可是，到了三十七年夏，次子中也出生以後，由於金圓券開始貶值，我們的年少豪情、孟嘗君生涯，以及種種歡樂都隨風而逝了。雜誌已幾乎無法維持，我只好丟下兩個幼兒給僕婦照顧，自己外出工作。然後，不過半年光景，便因爲共匪倡亂，我們不得不拋棄了經營才不過三年半的家，渡海來臺。

在臺北，仲進入一家民營報紙工作，我則因爲三子、四子相繼來臨，而暫時委屈自己，待在家裏當一名純主婦。後來又因爲那家報館長期欠薪，我又不得不再度出外工作。從那個時候開始到現在，我做了三十三年職業婦女，不但內外兼顧，而且還在公務和家務的夾縫中，走上了寫作之途；可見，困厄的環境有時也是使人奮發向上的因素。

我們一家六口在那家報社破舊日式公共宿舍的危樓上渡過了十五個寒暑。最初幾年，還經歷過臺北有史以來的大地震和大颱風，眞是有說不出的驚心和動魄。還好，吉人天相，每次都有驚無險，安然渡過。

在那棟危樓上，我們那四個都是相距一歲半的男孩漸漸長成。到我們搬離那裏時，他們已從頑皮的小蘿蔔頭變成懂事的少年。大兒已上大學，么兒也上了初三。在他們兄弟上了中學到大學畢業前的幾十年間，是我最快樂的時候，也是我們母子關係最良好的時候。我們一起欣賞收音機播出來的古典音樂，我日夜用音樂來「裝飾」我們簡陋的家，使我感覺到那棟危樓也有皇宮的瑰麗。在正統音樂的薰陶下，除了三兒因爲後來住校而漸漸傾向熱門音樂外，其他三個孩子全都變成古典音樂迷，大兒後來更在美國得到比較文學碩士學位後轉行學作曲，都是那個時候種下的因。

除了音樂，我們母子間還有許多共同的興趣。他們一個個都是蛀書蟲，在他們父親的眼中，這也是我的影響。另一點受我們(不單是我)影響的是：他們也全是影迷。他們幼小時，我們帶他們去看卡通片和一些適合兒童看的片子；等到他們都上中學以後，文藝片、音樂片便成爲我們共同的喜愛，每次看完一部片子回家，那眉飛色舞的討論，常會持續好幾天。

仲在孩子面前，總是扮演慈父角色；相反地，我是唱黑臉的，管教、責罰孩子，是我的責任。說也奇怪，孩子對他們那好好先生式的父親居然表現得相當敬畏，對我卻是沒大沒小，似乎不當我是長輩。他們會揶揄我，跟我開玩笑，還要給我惡補。在小學和中學時，他們強迫我複習、記憶歷史上的年代以及省會、國都的名稱；上了大學，又迫著我跟他們學西班牙文、法文和德文。還好，我的求知慾一直是很旺盛的，我也不會認爲跟孩子學習是件丟臉的事，讓他們做我的小老師，反而使得我們母子的關係更融洽。他們對我沒大沒小，無話不談，正是把我當朋友看待的表現。也正因爲我們母子關係太密切了，做爸爸的不免被冷落，我記得他曾經有點酸溜溜地問：「爲甚麼孩子們甚麼都告訴你，不告訴我？」我忘記當時是怎樣回答他的，現在回想起來，也許是因爲比較不懂孩子們的心理吧？

孩子長大成人，是父母的喜悅和安慰，但是也是父母的悲哀。我和兒子間的黃金時代，也隨著他們的長大而結束。孩子生得密，有一個好處，就是可以一起長大；可是也有一個壞處，他們也一起離開你。

我跟孩子們的黃金時代，到老么大學畢業後便告結束。那時，大兒已結婚、出國，二兒也已出國，三兒則在服役中；本來，還有么兒在家，可以承歡膝下，等到連么兒都走了，我和仲一時間眞是不習慣，原來熱熱鬧鬧的家庭，突然間只剩下兩人寂寞相守，竟然有點手足無措起來。我更是怨嘆自己太早結婚，太早生孩子，以至才不過中年，別人都還有幼女在身邊撒嬌，我們家中的雛鳥都已翅膀長硬飛走了。

還好，我們兩人都有工作，每天早出晚歸，倒也沒有多少閑暇去胡思亂想。三、四兩兒退役回家後，馬上就成爲社會青年，家裏雖然有四口人，但已無復當年的熱鬧氣氛。孩子長大，自有他們的天地，這是很自然的現象，妄想他們永遠膩在父母身邊，那是自討苦吃，我才不會那麼笨。到現在，我已深深體會到：父母子女的親密關係大約只能維持二十到二十幾年，唯有夫妻的關係才是一輩子的事。

大兒成家後兩年，二兒也返臺成婚後再赴美繼續攻讀博士學位。又兩年，三兒也結婚了，而且主動要和我們同住。一年後，我們的第三代——孫女心湄出世；於是，我們又成爲六口之家，這個小嬰兒的來臨，使得我們又恢復生氣，家人之間的關係又變得密切起來，因爲這個小東西已成爲全家的愛寵，她是我們全家生活的中心。

我們初爲人祖，更是把小人兒視同瑰寶，多年沒有抱過小嬰兒，現在我覺得我愛她更甚於兒子們幼時了。

不久之後么兒也出國去，然後去年也回臺成親，婚後又再度雙雙出國去。現在，我們原來六口之家已變成三代十五人。其中，九個人在太平洋彼岸：大兒夫婦和兩個孩子、二兒夫婦和一個孩子，還有么兒夫婦；六個人在台北：我們夫婦、三兒夫婦，還有孫女心湄和她的弟弟心淳。一家人分別住在四個不同的城市和兩個不同的國度，想闔家來個大團圓，可說相當困難；就是在美國的三家，想聚在一起也不容易吧！我這個做母親的，一顆心要分到多少個地方呀？遇到有月亮的晚上，就忍不住想起了「共看明月應垂淚，一夜鄉心五處同」這兩句詩。要是他們全都在國內，那該多好！爲甚麼要被留學狂潮沖到彼岸去？恁多家庭的子弟都滯留海外不歸，這也是時代悲劇之一吧？

把四十年往事從頭細數，自是感慨萬千。旣驚覺光陰如逝水，也悲嘆人生的短促。不過，我得衷心感謝上蒼的是，除了三十八年倉皇逃離故家那次屬於全民的大變故外，四十年來，我並沒有遭遇到其他任何挫折、災禍，生活安定，家人健康，就憑這兩點，我已覺得上蒼對我相當厚愛了。

四十年的歲月，使我擁有一個溫馨的家，自身也由少女而人妻、人母、人祖；三十多年前開始學習寫作，到如今總算出版了三十三本書；三十六年前剛到臺灣時，對閩南語一竅不通，不久之後就能琅琅上口，而且幾可亂眞。這一切，在素無大志的我看來，就算是四十年最大的收獲了。

西洋人稱結婚四十週年紀念爲「紅寶石婚」，回顧我這平平穩穩、無風無雨的四十年，倒像是四十顆紅寶石，每一顆都值得我去珍惜和寶愛的。

選自「畢璞自選集」(台北，黎明，一九八七)

王明書

聯珠綴玉

●**王明書**，民國十四年生，福建林森人。台灣師範大學夜間部畢業。曾任教員、編輯，著有散文「磁婚」、「四海一家」、「那一段可愛歲月」、「不惑之約」等。現旅居美國。

讀萬里書行萬里路

提起筆墨生涯，眞不是一個新鮮的題目了。但是，一百人來寫，仍有一百個面貌，因爲每個人的社會背景、生活環境，不盡相同，心態也不一樣。

●文學啓蒙

能與筆墨結緣、與文字結緣，家庭的因素最大，我的父親是學政治、經濟的，但他的舊文學根底極好、天份又高，寫詩、塡詞，才情固不待多說，隨隨便便一封信，也能使人反覆捧讀，不忍釋手。

我母親是學文學的，民初在上海一個女校舊制大學唸文科。她最喜歡當時林琴南翻譯的小說，如「茶花女」、「塊肉餘生錄」等等，林譯西洋小說全部是文言，但文字洗練、優美，人物栩栩如生，躍然紙上。

父親爲母親搜羅的林譯小說有一百數十種，在公餘課餘，他們也一塊兒吟詩、塡詞。

母親喜歡李後主和納蘭容若的詞，也教我們唸着玩兒，「簾外雨潺潺，春意闌珊，羅衾不耐五更寒……」以及「春花秋月何時了，往事知多少，小樓昨夜又東風，故國不堪回首明月中……」我們初小時就隨她曼聲吟唱，琅琅上口。

後來，七七抗日戰爭開始，戰火迅速蔓延，我們逃難了。民國廿七年在鷄公山，我和妹妹明理失學在家，我們住外國人的房子，整面客廳是大玻璃窗，窗臺很寬，我和明理各據一方，倚牆對面屈膝而坐，膝上放一本小說，除了吃飯、睡覺，兩人看小說看得昏天黑地。紅樓夢、西遊記、水滸傳、三國演義、鏡花緣、粉妝樓、老殘遊記……眼睛看累了，窗外是青山翠谷、溪水淙淙。爸爸說，不上學也是暫時的，天天看小說不像話，媽媽就教我們唸「古文觀止」，教我唸「祭十二郎文」、「祭妹文」、「赤壁賦」、「阿房宮賦」、「桃花源記」，明理唸「陋室銘」、「五柳先生傳」、「世有伯樂」……，我們還要讀，還要背誦，對於文字之美的感人，深深領會和喜愛。

「……明星熒熒，開妝鏡也，綠雲擾擾，梳曉鬟也，渭流漲膩，棄脂水也，煙斜霧橫，焚椒蘭也，雷霆乍驚，宮車過也，轆轆遠聽，杳不知其所之也……」它使我神遊阿房宮，「江流有聲，斷岸千尺，山高月小，水落石出……」也使我夢想赤壁風光，而「芳草鮮美，落英繽紛，」……更使我嚮往一個世外桃源。文字，實在是太奇妙，太引人入勝了。

生活環境和愛好，使我接觸到文學，對它傾心而迷上它，但除了在課堂上，眞的執筆爲文，開始了我的筆墨生涯，却眞有一些因緣，回想起來，眞如冥冥之中有一種力量在推動着，引領着我朝這個方向進行。

●艱苦的幾年

卅八年我們來到臺灣，我們這一代歷經了對日抗戰艱苦的八年，接着又是共匪的禍國。我從無憂無慮不知天高地厚，到歷經顚沛流離。但是，大陸上千千萬萬的人都被關入鐵幕，我們能來到臺灣，也算祖上有德，上輩子燒了高香！

現在家家生活都富裕了。當時，我們眞是好窮，房產帶不動，能帶的僅是一點點首飾、衣物，一對小夫妻，帶着三個幼兒，一點微薄的薪水，不夠吃飯。國家多難，大環境如此，規規矩矩的好百姓絕大多數是窮苦的。

「窮者變，變者通」，「客廳當工廠」，卅多年前，我們就已默默實行着了。眷村的太太們爲了分擔家計的重負，車衣服、織毛線、做鞋子……幾乎每一家都找點副業來做，而我也是其中之一。

爲了車衣服，我們分期付款買了一部「覇王牌」縫級機，我也隨着鄰居太太們去學，去領了軍用的圓領衫的短褲來縫，自朝至暮中甚至夜深人靜。眷屬們除了燒飯洗衣，多半都在工作，機聲軋軋，此起彼落。

一件圓領衫和一條長褲算一套，縫一套是八毛錢，鄰居太太們眞能幹，她們可以一件一件連著縫，結成一串，一天縫十件圓領衫十條短褲，不成問題，三八兩百四，的確不無小補。但你可知道一套衣褲要費多少手脚?圓領衫要滾領口、接袖子、上口袋;短褲要接襠、上腰、穿帶子，還有好多條縫。除了做家務之外，我就埋頭苦幹，相等的時間，人家縫十套，我縫四套，至多五套，每每工作到更深夜半。

那時有一種軍用布鞋上底，上一雙是一元五角錢。別人上來輕鬆俐落，一天五雙、六雙不成問題，這事看來容易，到我手上，全不是那回事，針老是往手上扎，針也常常斷;蔴繩拉不緊，手却勒破了皮，一雙手傷痕纍纍，鞋子勉强湊攏，是歪的!

孩子們逐漸長大，家用日繁，別人都能幫助先生，而我眞恨我的笨拙無能，事倍功半都談不上，徒喚奈何!

●轉機

平生無嗜好，不會打牌、不愛看電影、不跳舞、不看戲、不嗜吃……我友晋秀曾說:「啥好玩的都不會，眞是白活啦」，但，我喜歡閱讀和音樂，喜歡遊山玩水，沒錢玩不成。那時，我也沒有什麼新書可看，也無時間看。我們燒熟煤（黑黑的煤塊和紅泥小火爐），每頓飯生一次爐子。我往往一邊生爐子一邊閱讀，當日的報紙，以及購物包東西而來的報刊；再就是隨我跑遍千山萬水的幾本林譯的文言小說，「魯賓遜漂流記」、「茶花女」和「鄭板橋全集」等，往往飯焦了而不知道，也往往爐火很旺了，忘了把飯鍋放在上面。爲此，丈夫下班，孩子放學，我端不出飯菜來，挨過不少埋怨。

但，這也未嘗沒有好處，也許有一個重要的契機在其中。因爲，我忽然發現報刊也有女人寫的文章，丈夫、兒女、身邊瑣事皆可入文。而且，自忖這些文章，我也能寫，不免，有些躍躍欲試。於是我想到小學時代，我的作文曾經變成鉛字，在校刊上出現過。一個在北方生長的小女孩，席豐履厚，從來不知世道艱苦，直到抗日戰起，生活起了重大轉變，在遷徙流離中長大了，許許多多陌生的人和事，曾使我睜大訝異的眼睛，早有把它寫下來的衝動。

我停下來轉動的縫紉機，在我們的餐桌兼書桌上，幾個深夜（晚上孩子們還要做功課），我搜索枯腸，寫下我平生第一篇稿子「我們的克難生活」連應貼多少郵票我都不知道，我寫眷屬們如何縫衣服、織毛衣、上鞋子的種種，寫她們的安貧、樂觀、勤勞，這是有感而發。投寄出去却不敢希望被刊出，因爲，那是多麼幼稚樸拙啊！

奇蹟！它竟很快的變成鉛字，沒有刪掉一字一句，更大出意外的是它爲我賺了車縫兩百套衣服的錢，一百六十元！兩百套衣褲，我要熬多少寒夜！我不敢想，想了就怕，第一次的一百套衣褲縫好送去，驗收的人說縫得太差，還打了回票，重新拆掉再縫的，拆拆縫縫，氣得我直掉眼淚，縫得我昏天黑地！這稿費比之，却拿得太輕鬆！

●瑣事與眞情

於是，我試着一篇又一篇的寫，投到我認爲合適的報刊上去。我要誠實的說，在這方面，我應是幸運的，我絕少碰壁，我不認識任何「老編」(多神聖高不可攀呀)，但投出去的稿子，十之八九都變了鉛字，和廣大的讀者見面。

當然，我頗有自知之明，我知道我的文字是生澀的，起初都是文白夾雜，詞彙也不豐富，但我總用心一字一句推敲，看了一遍又一遍。我寫的都是我最熟悉的事物，寫一個雖然生活淸苦，却樂觀向上的家庭，我想起抗戰時期在重慶，女士們一襲陰丹士林布的旗袍，一件粗毛線衣，吃喜酒去也夠體面了。穿的是黑白點點的平價布；吃的是穀、稗、砂、石俱全的「八寶飯」；桐油燈熒熒的微光下，一樣能夠發奮唸書，物質生活遠不及今日，於是，我强調精神重於物質。也自知人微言輕，絕不去說教，只是寫些文字樸拙萬分的「身邊瑣事」，和大時代中小人物的奮鬥、掙扎、眼淚和歡笑，但其中有我一份眞摯的情感。

那年，我十四歲的兒子病腿，住醫院動手術，躺在病牀上惦記家中沒人提水(那時我們住處沒有自來水，要自遠處一桶桶提回來)，躭心缺課太久，抱歉父母爲他花的錢太多。然而，他却不在意受的那份痛苦。我是母親，對他的憐惜和自恨不能代他身受，也只有做母親的人才能體會，我就以那種心情寫了一篇稿子，投寄到一份刊物，很快的，編者有信來了，她說她也有個十四歲的兒子，她要帶他來探視我的病兒。當時，她已很有文名，如果設身處地，我是否有這份熱情，爲一篇稿子去看素昧平生的陌生人呢？她却眞的來了，帶着她的兒子余占正，和大聽的泰康餅乾，還有二百四十元稿費(稿尙未刊出，她先墊的)。從此，友誼開始，占正是個敦厚的乖孩子，正就讀成功中學，曾屢屢放棄假日玩樂的機會，甘願自動去醫院陪我兒，而她對我兒始終愛護備至。

多年後，她罹患了「柏金森」病，來臺北療養，我兒總在百忙中，抽空去探視她，她見到我兒，曾淚下如雨。她是個外表看來有幾分傲氣的，內心善良熱誠的人，她才華橫溢，留下來的著作不少，自有公正的評價，她就是鍾梅音女士。

我陸續爲一個刊物寫稿，都蒙錄用，由此結識了那位主編，蒙她的青睞，向上峯推薦我做她的助手。我和她毫無淵源瓜葛，非親非故，竟由投稿而相識而信任，從而獲得一份理想的工作。她是良師亦是諍友，待我親如手足，她教我編、排、校、對，從此，我由一個投稿者懂得了認字體、字號、畫版樣……我追隨她工作五年，學得了不少本領。我很感謝她。她就是王文漪女士。

我既寫，又做編輯的工作，眞是獲益匪淺。寫慣了、也寫順了，它猶如一種嗜好，欲罷不能，好久沒有文章發表，不但覺得無顏見人，也深覺對不起自己。我曾在報紙上用綿書的名字寫「窗前晨話」每日一篇，八百字，爲某一刊物寫「黎明心語」，每月三千字。我自己有辦公室的工作，又是太太，又是媽媽，也有些酬酢往還。雖然短短八百字，每日一篇也很有壓迫感，白紙黑字，總不能胡說八道亂開腔，要有主題，要言之有物，爲了找題材，我時時留心一事一物，有時白天事忙，晚上在燈下苦思，往往一抬頭，天已亮了。笨拙疏懶的我最怕受限制，寫了短稿，完全沒有時間、精神再去寫自己想寫的東西。

●感謝與回饋

二十多年前，我有一段很煩惱的時期，我有三子一女，老大和老四(女孩)從幼稚園到大學畢業，最省心，按部就班上學，品學兼優；老二和老三却最淘氣，外向、英雄主義、好勇鬥狠，專打抱不平。爲他們難兄難弟，幾乎使我心力交瘁。我常常得去他們學校的訓導處，因爲收到校方通知，要家長去面談，我先生才不肯去「丟人現眼」，我是母親，無可推卸也責無旁貸。他們都曾一再被迫轉換環境，我三兒初中三年換了五所學校。有朋友戲說我神通廣大，換是任何人也換不動也無此力氣了。他們曾被人目為「無可救藥」的太字號人物，只有我知道他們的本性善良，秉賦聰慧，不過不能適應當時的環境，一時的迷途罷了。我是母親，他們被誤解被委屈了，我却不能放棄他們。那眞是一段艱難坎坷的歲月。後來，他們憬悟了，老三於十三年前赴美留學，順利拿到學位，也在事業上嶄露頭角，使許多洋人對他刮目相看，為我們的國家爭面子。老二在美工作，也小有成就。

我眞的滿心感激，在我最苦時給我援手的朋友，也體會到當別人處境無奈時，一個電話，一封短箋的鼓勵和安慰，猶如荒漠裏一滴甘泉，當他們都脫胎換骨成了人人稱讚的好青年時，我眞是百感交集，如果我不堅持，稍一鬆手，他們就沉溺了。

那年，中央日報和青輔會合辦「愛的教育」徵文，我很想寫出來，又有所顧忌，因此延誤了。次年又舉辦，我決定應徵，寫出我的辛酸經驗與成功的挽回兩個「頑劣」的孩子。我寫「祇因為我是母親」於徵文截止前一日寄出。想是情眞意摯，我得到家長組第一名。我不敢去領獎，也不敢露面，但是，我覺得這篇文章一定發生些作用。

於是，我覺得我眞的有責任，也是對社會的一些回饋。因為不知道有多少個有「問題少年」的家庭，正苦惱着；有多少位父母正徬徨着，不知如何是好？也許根本就放棄了，那麼，不但是家庭的損失，也是社會國家的損失，安知其中沒有很優秀的人才？至少，匡正並挽回一個所謂的「不良少年」也少滋生事端，能促使社會安寧。

我有這種經驗，也有責任寫些文章，給「頭疼」的父母們一點建議，尤其是母親，千萬千萬不可放棄你的孩子。我想着有這種痛苦經驗的人，未必能寫；有一支能寫的筆，却不見得有這些體認。於是，我就「舍我其誰」的寫了。

●我的寫作觀

我喜歡寫，當我快樂時，我寫，當我鬱悶時，我更要寫。當我鋪紙展筆，把我的情緒移植到樓梯般的小格子時，心中積鬱就消失了。

歲月匆匆流逝，許多當時使我們深受感動的事，轉眼時過境遷，雖然留在記憶裏，它也會隨時間逐漸淡薄、消逝得無影無踪，何如寫下來，讓它引起一些廻響，發生一些作用呢。

如今，工商業發達，社會繁榮進步了，人們的生活也富裕起來，道德觀念却相對的低落，因此民風由淳樸變得奢靡，許多不合理的現象就發生了。但是，今天的繁榮進步，是許多人孜孜不倦，胼手胝足、殫精竭慮的成果呢。

想起當年的艱苦，和如今的富足，眞應滿心感激，倘若我們陷在大陸沒有來到臺灣；倘若臺灣還未光復，那人們又是如何的生活着呢？「人在福中不知福」，有些人吃飽撐得慌，幸福的日子又嫌平淡，於是就專從「鷄蛋裏挑骨頭」起來，不合理的事當然絕對該說該寫，才可以收輿論制裁之效，但是如果專門强調社會的黑暗面，抹煞一切的成果和進步，專寫黃色黑色有毒素的作品，色情、暴力、頹廢來腐蝕人心，打擊士氣，惟恐天下不亂，那眞是其心可誅。

但是，人却多的是喜歡刺激，罵人的文章看了才過癮，更有些人自己不努力，却妬嫉別人努力的成果，從不想想自己對社會、國家有多少貢獻，有一點不如意、委屈和不便就怨懟，就思想偏激，更有那些不良文字的煽風點火，越發的人的心態都變了。

我也寫了這些年，只是秉持着對國家的愛和感激之情，忠實的描繪我們社會的光明面，人心是善良的，多少父慈子孝，倫理之愛，袍澤之愛，同胞之愛……爲什麼有些人只看到悖乎情理的人和事呢。

一對廖姓連體嬰要分割，需要七千西西的血液，幾日之間就收到四萬西西的熱血，捐血的人和女嬰的父母非親非故，無非是因爲有一顆仁愛的心，和對國家的熱愛。這世界上最幼小的連體嬰分割成功了，是我們國家的光榮。

起初執筆爲文，的確是爲了稿費，如今却是爲了興趣，也爲了責任。如果我一直生活優裕，大概不會步上寫作之途，而今嗜好已深，不寫反而「六神無主」，精神沒個安頓處。從工作單位退休下來，兒女都已長大，我既不用操勞家務，又不必案牘勞形，而我仍耳聰目明，頭腦淸楚，正可以好好地寫下去。

從開始摸索寫作至今，我有一位最好的讀者，那就是我先生，他的鼓勵和協助太多，我從不給他看原稿，欺負他是外行，發表後告訴他，他自己會去買去找，替我剪貼妥當，而且偏愛過份，無論我寫什麼，他統統說好，自己讀了一遍又一遍，還廣爲宣傳，有時眞敎人受不了，但他一片至誠也實在可感。

我因爲太不勤奮，久久拿不出一篇文章，就對他說，我不要到處都有文章，又快又多，我要一篇有一篇的份量，雖不能說篇篇爲精金美玉，至少也得打動人心！「紅樓夢」一部書就可以傳世！

其實這是唬外行，我是既不精又不多，只是，我仍有一份寫作的熱誠，如此而已。

因筆墨生涯我結識不少朋友，眞的情同手足，我慶幸在寫作的路上有志同道合的好友，有一篇較像樣的文章發表，鼓勵的信和電話就來了。

我友楊以琳，如果看到我的文章，會從遙遠的紐約打電話給我，時差三小時，電話不但是長途，還是長時間(一聊沒個完，全不在乎花錢)，我如許久不寫，她也會來電話查詢，關切和責備都來了，還說，快寫，快寫，先寫這個，再寫那個。

「王明書自選集」的作者畫像，是畢璞爲我畫的。當初出版社爲我準備的，線條較硬，不太合適，她說要試着替我畫一幅，她畫了，居然有幾分神似，深藏不露的她，誰也不知道她還有這一手。這也是文壇佳話罷。百忙中又爲我看淸樣，這份友情太値得珍視。

「讀萬卷書行萬里路」對於寫作應是很有益的。在戰亂中成長的我們這一代，讀萬卷書或不可得，行萬里路的機會却比較多。如今總算放下生活的重擔，當年的兩個頑皮兒子在美讀書、工作多年，在臺灣的大兒和么女也都有很好的家庭和工作，感謝天，我們的孩子們又都相當的孝順，因此就有幸趁還不龍鍾，到處去跑跑玩玩，使視野遼闊些，增長些見識，或可寫一點比較可看的文章罷。

(原題「寫作話從頭」發表於75年8月「文訊」25期)

■王明書作品目錄

書名	類別	出版者	出版年月
①磁婚	散文	婦女寫作協會	民國53年
②四海一家春	散文	商務印書館	民國62年
③那一段可愛歲月	散文	水芙蓉出版社	民國65年
④不惑之約	散文	水芙蓉出版社	民國68年
⑤王明書自選集	散文	黎明文化公司	民國69年

■王明書作品評論索引

篇名	作者	期刊名	刊期時間	頁次
①讀王明書著「四海一家春」——一個母親的愛	王牧之	中華日報	61年6月29～30日	9版
②有情世界——三本散文集讀後之三(王明書作「四海一家春」)	李牧華	書評書目 2期	61年11月	頁84
③我讀「小明的世界」	重提	中央日報	63年3月1日	12版
④讀王明書「那一段可愛歲月」	畢璞	中華日報	65年5月7日	7版
⑤「那一段可愛歲月」的啓示	重提	民族晚報	65年3月24日	健康家庭版
⑥王明書「不惑之約」散文集介紹——愛心繽紛	芯心	中央日報	68年9月5日	11版
⑦一本散發著陽光的書——讀王明書的「不惑之約」	涂靜怡	中央日報	68年12月19日	11版

《作品選》

南北和

華副的「我的另一半」專欄，已經刊出很多篇了。形形色色，各種各樣的寫法，多少珠聯璧合的婚姻，多少對患難與共的好夫妻，眞是各有千秋，看了令人有很深的感動。本來嘛，一個人在父母的膝下能有多少年？夫妻相伴是可以長到半個世紀以上的，有一位很相知的另一半，又是多麼幸運！但是，在完全不同的環境裏長大的兩個人，脫離了自己生長的家，再另外建立一個家庭，與另一人廝守一生，在起初，不能不說是有許多的不協調。

談戀愛時多半感情多於理智，大家努力表現好的一面，許多缺點都掩飾起來（愛情冲昏頭，缺點也視而不見），婚後卻逐漸露出本來的面目，又互相的抱怨，原來他不是這種樣子的，即使不是變了心，愛情也淡了。但是，到那時候彼此已能適應，也相當能夠容忍對方的缺點了，當初公車站去接，就坐在老廣的麵店門口，有時我搭欣欣的車，一定要折回來走，他一定在那兒張望，無論刮風、下雨，見過面就接過我的皮包，還故意說：「我可不是來接你，我是出來買一點東西。」

他是個聰明不露的人（有的人生就一副聰明相）。他給人的印象是誠樸、敦厚，但是，他有頭腦、有思想、有幹勁。做一件事尤其全神貫注，不成功絕不甘休。他的主管給他的考語有「用志不紛，乃凝於神」的話，的確是知他很深。他是砲兵出身的科班軍人，曾主管過多年砲兵和飛彈的訓練，擬過許多重要的計劃，得過許多勳獎；但是，他不會寫信，他的信像電報。婚前，他沒有寫過一封信給我，他在重慶當砲兵連長，我在萬縣上學（訂婚十個月後結婚），幾個月沒有片紙隻字寄我——這一手孩子們都說爸爸「要陰險」，他自知寫不出文情並茂、字又十分漂亮的情書，不如藏拙的好。我母親是學文學的，筆下相當出色，而我雖寫不好，對文字卻最會吹毛求疵。說不定他全心全意全付精神維護的情感，會因為一封信弄砸了。他寧可舟車勞頓，風塵僕僕跑來看我一趟，卻眞是惜墨如金，不肯寫一封信。

我們的婚姻眞是「千里姻緣一線牽」，我是福建人，他是山東人，我們在抗戰時期的四川相遇。我家世代書香(爲了謙遜我不說書香世家)，他是道地的農家子弟——我絕對沒有藐視農人的意思，何況，如今花生農夫也能當總統，他的舉足輕重，足以影響全世界——但是，門當戶對有它的道理，生活習慣、社會背景完全不同的兩個人，生活在一起，的確有很多不能適應；思想上、觀念上，許多細枝末節的不一致。這些年來，我曾寫過「火車頭」(象徵著他是帶動全家的動力)、「磁婚」、「他們的珍珠婚」，現在取來看看，起初的許多扞格、彆扭，天長日久，也相互遷就而能適應了。

「磁婚」裏我寫著「……迎著朝陽，踏著露珠晶瑩的草地，他送我走約三華里的小路到石橋鋪。我到學校上課，他回連部辦公。傍晚他來接我，一同浴著落日餘暉返家，再忙著弄晚飯。我什麼也不會，只會在鍋邊叫：『少放點鹽，不要打死賣鹽的！』他只得用一只小碟子，放點鹽加點醬油蘸著吃。他一共只會燒一個菜：紅燒肉，肉切得不成章法，醬油不好，火候不到，還莫名其妙的總要放上好多嫩薑片，不知是什麼怪味道。他見我不欣賞，又忙著變花樣：蒸燙麵餃，肉是生的，包餛飩，皮兒厚得像餃子！然而那份眞摯的情意，不由你不感動！

他愛吃麵，我偏愛吃米，我喜歡比較精緻的食物，他卻愛好大塊文章，我從小習慣輕輕走路，小聲談話，他的聲音眞是如雷貫耳，打個哈欠也會嚇人一跳……」

在當時，這樁婚姻雙方反對的大有人在。我的長輩、親友都認爲兩人生活方式太不相同，恐怕不是佳偶；他的親友更認定他是三房人惟一的獨子，在北方的鄉下，約定俗成，他是可以一支三祧——一個兒子繼承三房香煙，娶三房媳婦，至少，他該娶一個身體結實、能吃苦耐勞、服侍丈夫、理家育兒的妻子。而我實在太嬌慣了，又瘦弱，脾氣又不好，家務事一竅不通。有人再三勸告他，說「娶個什麼也不會做的大小姐，眞是自討苦吃，她不會服侍丈夫，恐怕還得丈夫侍候她呢！」

他說他要娶的是所愛的人，並不是找一位煮飯、洗衣裳的女傭。他不用妻子待候，如果需要，他願意侍候她。那時候，訂婚已半年多了，甚至我母親和妹妹還主張和他解除婚約算了，她們以爲我不必吃苦受窮，做一位低級軍官的妻子，我是打破王家傳統，何況他的脾氣也夠瞧。也有人竊竊私議，預料這樣兩個人放在一起，長久不了。

如今，三十七個年都過去了，我們過得很好，我們是親友之中有名的幸福家庭。

我在家時沒有進過廚房，我母親常對我們姊妹說：「書都唸得好，那些粗事有什麼難？」她只要求唸書，其實她自己也不會做家事，拿起鍋鏟比提起筆艱難得多。我承認剛結婚時我不知道水沸是什麼樣子，起先，水壺一嘶嘶作響，我就趕快提下來；後來聽說「響水不開，開水不響」，我見水底起泡泡，又以爲是水開了，好久也煮不出一鍋像樣的飯(那時有電鍋就好了)，他對我有太多的寬容。

不會做家務事使我叫足苦頭。我寧可挨餓，沒有人陪我也不去小館子吃東西。如今，我大學畢業的獨女燒得一手好菜，外子常常稱讚她，比起媽媽來，眞有天壤之別。

人家都說北方丈夫有特別濃厚的男性自尊。他卻從來不認爲男人應該做什麼，不應該做什麼，他總盡力的幫助我，下班後他從不蹺起二郎腿看報紙、當老爺，讓妻子在廚房忙得團團轉；也有人說山東丈夫會打太太，他可是從來沒有如此的「劣跡」，我又如何經得起他一打？他說有志氣的男人要在外面施展抱負，沒有出息的男人，才會在家對太太發威風。

他常常說：「一人有福，拖帶滿屋」，這是山東土話，意思是因爲一個人有福氣，一家人都沾光。

他說：「我若沒有福，怎會娶到你？」

婚前他就說過，我們應該有三個兒子，一個女兒。因爲他是家中長子，還要過繼給伯父，過繼給叔父，三個兒子才夠分配，有女兒可以有親戚走。在一些壯丁之間，有一個嬌嬌女，在幾個耍槍弄棍的頑皮男孩裏，有一個溫柔文靜的小女兒多麼好。這眞是如意算盤呀！他不但希望有，而且八字還沒一撇，他把名字都先取好放著了。在家譜上，我們兒輩起是建、立、世、守、永、遠、昌、明八代。他說兒輩應建設國家，所以，他將來的三兒一女，就取名爲建中、建華、建民、建國。華似女孩爲宜，就留給女孩。婚後十年，我們居然有了三子一女，當然他們就叫做建中、建民、建國、建華；女兒最小。

他常常向至親或好友誇耀，他做什麼事都有計劃，要幾個兒女也先取好名字，等他們來報到，他們就乖乖地來報到，完全合乎他的理想（這事我曾在文友前提過，立刻被蔡主編在「藝文短笛」上幽了一默）。

但是，教育兒女是大學問，不但要有愛心，還得有耐心。我們的大女兒和幼女，從小學到大學畢業，按部就班，品學兼優，兩人都拿過獎學金，一點沒有麻煩。中間的兩個兒子，老二和老三，卻使我們歷盡艱辛。只舉一例便可知道有多傷腦筋：三兒建國，初中三年換過五所學校，省立、市立、縣立、私立都唸過了，還送到田中鎭去寄讀了半年。他並不頑劣，只是太外向、太突出、太活躍。他善良、熱情、愛打抱不平，就因爲有了第一次記過、轉學的記錄，轉到任何學校都特別被訓導處注目。後來他考上高中，也考上大學，也通過種種考試留學去了。我曾在中副寫過「小明的天地」。他曾膺選美國加州大學的榮譽學生，把證書和系主任的賀函寄回來。他勤奮、努力、刻苦向學，出國之後，沒有再花家中一塊錢。現在說老二，他也夠瞧，他讀私立中學。那時我們孩子小，負擔重，生活還很苦。我借了薪水給他繳學費，大約是借了五百元，公家每月扣我五十元，才扣了一個月，他就連連記過，學校混垮了。

但他聰明能幹，做事很有條理，他的語言天分很高，現在自己經營一家公司，也算小有成就。

爲了這兩個兒子，那幾年我們的日子太不好過。他是恨鐵不成鋼，他們都挨過他不少打，他是主張「棒頭出孝子」的，我卻不贊成這一套。他嚴，我寬，當然對孩子的愛，都是一樣。我們還是齊心協力，把兩個所謂「劣品」的兒子給匡正了。他們都成了金不換。

細數從前，也僅有管教孩子方面，意見不同。他是個勤儉的人，在他沒有退役時，他把餉袋全份交給我，由我管家，我對於理財太不在行，對兒女也有求必應，我並不浪費，卻管得我焦頭爛額，不但沒有「私房錢」好存，還把自己的一點稿費也貼進去了。後來他退役，我趕快把管家的大權移交給他，每個月也乖乖地把我的薪水袋全數奉上，由他統籌支用：當然，一個丈夫退休後，反過來向太太拿錢總是彆扭的事，太傷自尊。他做事有條不紊，什麼都計劃周密，家中一應開支下來，每月還有結餘，而且他自奉很薄，惟一享受也只是抽幾支菸而已，他從不亂花一文錢，但該用的時候，出手大方，絕不寒傖。

我可是心甘情願的請他掌理財政大權的，但是，孩子們起初反對得很，他們向爸爸要錢可不是方便事，因此都抱怨我不該把大權拱手讓人。他是採取按月發零用錢，按大學、高中、初中分等級，妹妹總有節餘，老三總不夠用，他太「四海」，一羣同學去福利社，一次就把一個月的零用錢吃光了，他還悄悄對妹妹說：「我以後賺錢，就不給爸爸用，反正他有錢，我光給他買奢侈品，叫他心疼，捨不得。」後來，搧擋他出國，爲他置備衣物、行裝，他爸大把花錢，一切妥妥貼貼，他摟著爸爸的肩，對他說：「我以前眞是幼稚，爸爸什麼都是爲了兒女。」

他出國之後，一面唸書，一面努力站住脚。除夕的晚上七點鐘，剛剛祭過祖先，一家人團團圍坐吃年飯，電話鈴響了，二媳書海起身接，啊！找爸爸聽電話，她一楞，這不是都在家麼，誰找爸爸？啊，是老三的越洋電話。外子早跑過去接了聽筒：「么兒，是，我們正在吃年飯，還擺了你的杯筷，謝謝你，收到了，哥哥妹妹嫂嫂們安安全全大家都在，好熱鬧，菜好豐富，可惜你不在家……」說到這裏外子聲音哽住了，眼淚早掉下來。他在那邊是淩晨三時，爲了給父母在電話裏磕頭拜年，他不去睡覺，一面埋頭作畫，一面注意時鐘，算到台灣時間七點，就撥電話過來，爸爸講過該是媽媽（他怕爸爸酸溜溜，總是先找爸爸講話），然後哥哥、妹妹都講幾句，甚至安安、全全、永永，也都在電話裏喊一聲：小明叔叔好，外子就一直催掛掉吧！太貴，掛掉吧！他卻一再的要延長時間，想聽聽家人的聲音。他常寄支票來，父母生日、母親節、父親節，把爸爸媽媽的支票分開，各寫各的名字，哥哥妹妹姪輩他也寄，並再三寫信說：「爸爸媽媽辛苦這麼多年，我們長大了，我在這邊很好，我有餘力才會寄錢給您，這是我的一點孝心，千萬不要做家用，不可存起來，要拿去花掉它，爸爸媽媽出去玩一趟，或是買點心愛的小東西。」還特別在「拿去花掉它」旁邊密密的加圈。把支票分開寫，是怕乃父節省，不給媽媽用。而爸爸媽媽生日，他也一定打越洋電話回來。年年都如此。

兒女大了，老大老二都已結婚生子，另立門戶，老三正在深造來，惟有女兒還在膝前；她是個可愛的孩子，我們吵架，都是她緩衝，有時也「燒一把火」，反把兩人都燒得笑起來。

我很喜愛文學、音樂、大自然……，他是比較現實的人，但，我們自有不和諧中的和諧，我們都努力獻出自己的能力和愛心，使對方快樂，使孩子們在愛裏長大。我也常常自問：像我這樣一無所長的一個女人，除他之外誰還能這樣的照顧我，愛我如此！

現在，除上班之外，週末和星期天我一定在家陪他，平時晚上也盡量減少不必要的應酬——除非一同參加。因爲有時我和女兒都不在家晚餐，他一個人就不開伙，到老廣的小店裏吃碗餛飩就算了事，他喜歡熱鬧，怕冷清，我何忍留他一人在家？

安靜的晚上，兩老在燈下相對，有時喝一點酒，談談兒女、家常，有時什麼也不說，他看他的電視，我看我的書報，各忙各的，只要知道我就在他身邊，心中自有一份熨貼、安詳。

世上不可能有十分圓滿的事，福慧兼修更不可能，不過，像我們這樣的「南北和」，在華副的夫妻榜上，也算勉强及格了吧。

選自「王明書自選集」(台北，黎明，一九八〇)

聯珠綴玉

蓉子

●**蓉子**，本名王蓉芷，民國十七年生，江蘇江陰人。南京金陵女大服務部實驗科畢業、政治大學公共行政企業管理結業，曾任職國際電信局。著有詩集：「青鳥集」、「七月的南方」、「蓉子詩抄」、「橫笛與豎琴的晌午」、「天堂鳥」、「這一站不到神話」，散文「歐遊手記」及童話翻譯、童詩集等。民國五十五年獲菲律賓馬可仕總統金牌；六十四年獲國際婦女文學獎；六十五年獲世界詩人大會傑出詩人獎和桂冠獎；七十六年獲第十三屆國家文藝獎文學類新詩獎。

詩的火焰總在心中燃燒

●童年的夢

寫作是我童年的夢，少年時候的憧憬和心靈深處的嚮往。當然，孩童的夢是不清晰的；年少時的憧憬和嚮往，也只是對寫作——這人間高遠的事懷著一種不甚了然的戀慕之情罷了！在家人和親友的心目中，這種無端的夢是當不了眞的，不意它卻在我心中慢慢生根了！

由於八歲母親去世，小小的心靈常有一種無告的寂寞，於是書便成爲我最親近的伴侶：從兒童讀物，基督教的聖經到著名的文學作品，全都成爲營養自己的精神食糧。也許原本潛藏在天性裡的那詩的小種子，便是在這樣的「泥土」中深埋，而終於在日後慢慢發芽開花的。

我在小學四年級以前，各方面似乎在平均發展，並無突出之處，直到升入另一所學校的五年級後，我突然在作文上大放異彩。記得當時的國文老師是一位學究型的老派人物，教學十分認眞。在我未轉入這個班級時，班上有一位品學兼優的同學，作文也經常列優等；可是當我來了後，老師在第一次發回批改後的作文簿子，竟然在這位同學的本子上批寫：「宜借王蓉芷卷一閱」，想不到她眞的走過來借我的作文簿子傳「閱」去了！此後我的作文也常常被「公佈」在教室的牆壁上，我一下子成爲衆所週知的人物。奇怪的是這位借我作文看的同學從未見她對這件事顯露嫉妒或不快過——每次都會把我的作文拿去仔仔細細地看，她那勤學的精神也常被老師舉爲典範。

雖說那時我也不怎麼瞭然，一個人如果在作文上有所精進，未來也可以成「家」的——散文家。我總認爲，作文只是學校訓練我們操縱文字的一種課程，它們既不像詩那般的高遠美妙，也不如故事那樣生動有趣——曾經聽故事是我書本以外的最大嗜好，常常自己也扮演說故事的人。直到我升入初中，心頭對文學的愛好方顯露而濃郁起來。尤其到了初中二年級時，我渴望寫詩的願望，似已無法隱忍；但卻乏人指導，於是甘冒被老師責罵的危險，在一次作文課上寫了一首「詩」代替規規矩矩的「文」繳了上去，目的只是爲得到老師的指點。記得這第二位影響我的國文老師是一位穿長袍戴眼鏡，比較開明的男老師——那時，我們對老師都是心存敬畏的。好不容易等到作文簿子發下來，宛如獲得大赦般，老師不但不曾責備我的「異想天開」或「自作主張」，反而稱讚了我幾句，說我的「東西」寫得不錯。老師的這番鼓勵果眞讓沉埋在心中的那顆小小的詩的種子，多少得到舒展而不至被痍死。由於戰爭的播遷，到了初三我又換了一個學校，這次教我們國文的是一位女老師，姓劉，她不僅學問好，更寫得一手漂亮的毛筆字，對我尤其親切。記得國中畢業時，她以她瀟灑流利的書法，在我綠色的紀念册上寫了一整頁勉勵我的話，猶記得其中有一段是這樣的：「別離了，不知何時再相逢，天南、地北、海角、天涯？希望你在文字上再下些功夫，一定是有希望成功的，何況你的性情又是極合乎文學的！要培養你的思想——精湛；要鍛鍊你的文筆——深刻，以後發爲文章，必能……」。同時在學校的畢業記念特刊上，同學們用「冰心第二」爲我做文字畫像。坦白地說，那段時期我的確很迷冰心，美中不足的，冰心出版的詩集太少了——好像除了「春水」、「繁星」外，就找不到其他的單行本了，這無法饜足我的需要，於是我又找到宗白華的「流雲小詩」以及翻譯過來的泰戈爾作品如：「飛鳥集」、「新月集」、「園丁集」等。漸漸地我也喜歡上徐志摩、何其芳、馮至——尤其他那些具有哲思的十四行詩，其次則爲陳敬容、陳夢家、康白情、林徽音、戴望舒等人;祇是對他們印象的深刻不及前面的四位,此所以後來評論家每謂我的第一本詩集「青鳥集」有「小詩」的形式,受「新月派」的影響等等,事實上,早年前確曾模仿前輩詩人用小巧的詩型寫過數十首小詩,可是四十二年出版詩集時,由於種種原因,並未把它們收入集子裡。從此這些曾經發表過的小詩就一直擱在一邊,不曾結集。直到民國六十六年出版「天堂鳥」時(因爲五十年代後,詩壇不再有人寫這類小詩了),我便將它們篩選後附在「天堂鳥」後面。

以上我之所以如此不厭其詳地敍說我的少年時代,因爲那時刻的無心插柳——尤其幾位老師們的鼓勵,是決定我日後性向,終於開出文學之花的原因。而且堅信在今日文壇上卓然有成的作家們,也多半植根在他們的少年時代,在各自原始純樸的心田,早已深深的埋下了藝術和詩的種子,等待著生命的春天放葩!

事實上,到了高中以後,我又變成了小說迷——大概這便是童年愛說聽故事的延伸吧!那段時期囫圇吞棗了不少卅年代小說家如巴金、茅盾、魯迅、周作人、盧隱等人的作品,以及翻譯過來的世界文學名著像托爾斯泰的「戰爭與和平」、「安娜卡列尼娜」,屠格涅夫的「羅亭」,羅曼羅蘭的「約翰·克利斯多夫」,勃朗特姊妹的「簡愛」和「咆哮山莊」,珍·奧斯丁的「傲慢與偏見」……從而對小說家也十分佩服,覺得他們所從事的,是一項偉大的工程(指長篇小說)。但年輕時候,因覺得自己的人生經驗和學養都不夠,遂不敢輕易嘗試小說這方面的創作。

●詩心的甦醒

倒是詩的火焰總是時明時暗地在心中燃燒著;可惜這段時期,我已得不到如國中及高小時候那樣影響深遠的國文老師,來對我進一步啓導,整個學校裡的氣氛是英文重於國文,因爲那是爲了因應戰爭歲月，由江浙兩省十餘所著名的教會學校所聯合組成的一所聯中，校舍設在上海英租界。因爲是逃難人，無論是教室或宿舍均因陋就簡，活動的空間狹小，既無校園，亦無操場，更無綠樹，那時我已深感都市生活的擠迫和單調，內心微弱的詩之火也幾頻熄滅了！後來我之所以選擇讀農學院森林系，大概有這樣一種潛在的心理因素在。因爲我覺得樹木的丰姿是世上最美麗的，有時更勝過花朵！

大陸棄守前，我隨著服務不久的機關來到臺灣。雖然心中有離愁，而海島的美麗質樸風光，又給了我一份全新的感受，久久沉睡在心中的那顆詩的可貴的小種子，便很快地甦醒了。記得當初在撤退來臺的「中興輪」上，我便寫過一首描寫海景的詩；抵岸後才一週，我又寫下了一首題爲「臺灣吟」的四行詩，時爲民國卅八年二月，是我對臺灣的最初感受：「是美麗質樸的姑娘，爲異邦人撫養成長／如今雖然回到了自己的家／卻怯生生的不慣與姊妹來往」。現在看起來這首詩既幼稚，更缺乏藝術性，因此也從未發表過。其實卅八年甚至更早我曾寫過一整本的詩，經過再三修改後，曾把它們抄錄在一本精美漂亮的練習簿子中，還題名這些詩爲「紅花集」，更在扉頁上寫著「讓紅花開遍了，生命永無止息」的話。這本既不成熟，也永不會印行的詩抄，僅僅是一個紀念，代表我長久以來的摸索和期待。

卅九年以後我因對島上的生活逐漸習慣，同時工作也不忙，有適度悠閒的心情來從事詩的醞釀和創作，自覺在這一年詩的技巧稍有進步。於是向一二文藝性刊物「投石問路」，但是意願不高，效果亦不大，即使刊用了亦不能因此就肯定自己，眞的就具有「詩才」，總覺得必須尋求眞正有經驗的詩人對我的作品加以判斷和指點。這種等待的心情是苦悶的，因當年的文壇還十分沉冷，和今日熱鬧的景象恰成對比，而詩人的足音尤其孤寂。這景況直到四十年秋天才突破——我忽然在自立晚報上看到一大版的詩，於是開始密切的注意它起來，它就是自由中國最早出現的一份純粹的詩刊，且由當時幾位著名的前輩人如葛賢甯、紀弦、覃子豪、鍾鼎文等共同主持策劃，爲荒蕪的詩壇提供了一塊美麗的詩園，怎不令所有愛詩的心靈欣喜！不過看到出現在前三期上面的作品，多爲當時頗爲知名的詩人，因此不敢期望自己的作品也能在上面發表——只希望幾位前輩詩人能夠對我的作品惠予評鑑，好讓自己知道，我究竟有沒有資格做繆斯的門徒。雖說從少年時代我已經如此地愛上了她，而且自我摸索了那樣久，對於詩卻全憑感興去創作，缺乏理性的批判能力。

於是我請一位朋友把我的幾首詩拿去請前輩詩人們指教，不意他們卻將我的一首「爲甚麼向我索取形象」猛地在「新詩週刊」第四期上刊登出來；緊接著第五期又刊出了我的另一首「青鳥」——這一驚喜對我眞是非同小可！其對我的鼓勵力量不亞於今日人們所獲得的什麼大獎小獎。此後作品更源源不絕在「新詩週刊」和紀弦先生獨力創辦的「詩誌」和「現代詩」上出現，那時和我一同出現在這份具有歷史意義詩刊上的有方思與稍晚一兩期的鄭愁予和女詩人林泠，另有以寫童話詩而留下聲譽的楊喚。

我的第一本詩集「青鳥集」於民國四十二年由葛賢寗先生所主持的「中興文學出版社」給予出版。當年確是一件引人矚目的大事！詩集出版兩年後我才和羅門攜手步上「地毯的那一端」。當詩友們寄望我能寫出更好更多的詩篇時，我卻令他們失望了！對個主婦來說：家是極爲瑣碎而又現實的生活空間。每天除了上班，又必須親操井臼，對於從小未受家事訓練的我來說多少是一負擔，因爲時間和心情都被割裂而難以提升；加上不久後，詩壇又湧起一股現代化的潮流，更遽然沉默下來，很久不再提筆——每遇詩友問起，總覺無法交代。這種情形難免使人猜疑我是「江郎才盡」了，當年詩壇論戰時的驍將也是藍星同仁的黃用，就曾以較溫厚的語調爲那時的我定位的說：「對詩壇，蓉子已經貢獻過了。」

●我的「眼睛」

由於我的第二本詩集，遲至民國五十年才出現，遂令一般人以爲我停了八年才重拾詩筆，現在我重新翻閱手邊碩果僅存的一本「七月的南方」，發現收集在本集中最早的一篇詩是寫於結婚的四十四年，婚後隔了兩整年未寫，到四十六年又寫了好幾首，風格和青鳥時期已有不同；但尚未有重大突破。四十八年的「一捲如髮的悲絲」一詩已開始有蛻變的迹象，迨四十九年六月在「現代詩」發表「碎鏡」；同年十月在「藍星詩頁」女詩人專號上刋出了「亂夢」後，人們方才訝異於我已非「青鳥集」時代的我，無論是詩觀或詩藝都有重大轉變。集中「白色的睡」是詩評家認爲比較成功，讓人有深邃感受的一首抒情詩。至於其中題爲「七月的南方」的長詩，共九十三行——這樣的長度爲我第一次的嘗試，正如詩人張健的評語：「這首詩的鋪展，已有達到飽和乃至盈溢之感，以一位女詩人而能有如此渾厚的魄力，可謂鮮見。而在節奏上亦迭見起伏。」但是我自己最寄以厚望的卻是包含在「水上詩展」中的四首詩，第一首「眼睛」可視爲「水上詩展」的序曲，整個組曲以眼睛爲核心，探入三種不同型態的生命。意象交錯疊合，如以「輕柔的眸影」與「湖」的生命交映；以「混濁的眼神」投入挾泥沙俱下的大河；而用「冷漠的睛光」和深廣難測的大海相伴；而兩組意象交疊反映出三種不同的生命形象。惜這一組詩在當時並未能引起像別的詩那樣同等的反響。眞的，就五十年代所出版的這兩本詩集來說：青鳥集宛如一塊幸運的磚石，帶我走上了幼年心中那高遠莫測的詩的長途；而「七月的南方」卻是我深心中所喜歡的一本詩集，好幾位朋友也都向我表示他們對這本集子的喜愛，就像高歌先生在一篇多年以前所寫「專訪」中所說：「這充滿光、影，繽紛的色彩和聲音的詩集。洋溢著一股新鮮而說不出的詩味，一種生命的感覺時時流動其間……」。惜「七月的南方」早已絕版，目前就剩下我手上這本孤本了！

五十一年二月，生平第一次隨「中國文藝協會外島訪問團」乘軍艦赴馬祖訪問一週。看到在寒風中昂揚的士氣，純樸的民情，還有部分荒涼的黃色山崗，竟使我想起小說「咆哮山莊」中的一些景色——其實戰地馬祖和「咆哮山莊」是毫不相關的，除了那清晨或暮色中咆哮的冷風。倒是由於這次訪問，我寫了一組有關海的詩，以及幾首較為人喜愛的作品如「夏，在雨中」，「我的粧鏡是一隻弓背的貓」，「看你名字的繁卉」以及長詩「夢的荒原」等，均收集在五十四年五月出版的「蓉子詩抄」中。

●一些驕傲

五十四年五月對我的意義是不凡的，在文藝節也是我生日那天，出版了新的詩集「蓉子詩抄」；一週後又隨前輩作家謝冰瑩教授、散文家潘琦君女士，應大韓民國文藝界邀請，前去作十天的訪問。那時出國訪問的人很少，中韓兩國文藝界也沒有今日這樣密切的交往，韓國人把這件事安排得非常愼重，也十分禮遇，從北部漢城到南部的釜山，我們訪問了包括梨花大學等各著名學校、報館、文藝社團。舉行座談甚至公開演講，並尋訪各地的古蹟名勝；而僑胞們的熱情最令人難忘。從韓國回來不數日，又僕僕風塵趕赴馬尼拉，因我那年夏天應邀擔任菲律賓華僑長期新聞研習會文藝班主講，在那邊整整待了一個月。當時(一九六五年代)我的感覺是：在韓國愈是高級知識分子愈漢化，他們的衣著、居室、行為、禮儀、談吐處處流露古中國的流風餘韻，可說比當時我們國內更「東方」；而菲律賓正好相反，充滿了西班牙天主國家的色彩，在亞洲諸國中，好像是一個異數，原來他們早年為西班牙佔領，後來又改屬美國，直到一九四六年才正式宣佈獨立，影響其生活文化甚鉅。以上的種種見聞和感受，促使我回國後寫下十餘首「訪韓詩束」，以及幾首有關菲島的詩，並應國語日報之約翻譯了一本童話「四個旅行音樂家」。五十六年則應主持省政府兒童讀物編輯小組的潘人木女士之邀，為小朋友出版了一本兒童詩集——「童話城」。接著五十七年則由美亞出版社為羅門和我出版了一本英譯詩選——「日月集」。這本詩選係由美國奧瑞岡大學榮之穎教授獨力翻譯的。

民國五十八年我和羅門出席在馬尼拉舉行的首屆世界詩人大會，獲大會頒予傑出文學伉儷獎。同年出版「維納麗沙組曲」，由純文學發行。這本書的上輯即以「維納麗沙」爲中心人物的十二首小詩，它是一組向自我發掘的詩，根植於生活，卻又有著唯美的形象。頗引起一些朋友們的喜愛。下輯「奇蹟」含「親愛的老地球」、「公保門診的下午」、「未言之門」以及「旅菲詩抄」。前後才卅四首小詩；但自認爲它在我衆多集子中，是較精緻的一本；但卻很早就絕版了。九年後，也就是民國六十七年，方由「乾隆圖書公司」重排重印（改名「雪是我的童年」），惜不久該公司又倒閉，我的「維納麗沙組曲」現在市面上仍不見踪影！

民國五十九年，應邀參加在台北的第三屆「亞洲作家會議」並宣讀有關詩的論文；列名倫敦出版的「世界詩人辭典」；暑假期間則應聘擔任「中國青年寫作協會」與救國團合辦的「復興文藝營」詩組組長。次年（六十年）春，首度參加一次由台北直到屏東的「作家環島巡迴訪問座談」，訪問對象爲縱貫線上各大專院校及社會上愛好文藝的青年。本年並應聘擔任文復會台北分會「文藝研究促進委員會委員」。有作品選入韓國尹永春教授編譯的「廿世紀詩選」。再次年（六十一年）作品分別選入中文的「中國文學大系」；韓文的「中國名詩選」和英文的「台灣新詩選」以及由美國人王紅公與女詩人鍾玲合譯的「中國女詩人」——「蘭舟」。六十二年二月間，分別擔任「文協」所主辦一系列「文學創作經驗專題講座」主講之一員和在文復會主辦的「兒童文學研究會」講課；四月間參加「人與社會」雜誌社策劃的「現代詩座談會」並曾應邀赴基隆外海參加「中海」文藝作家海上聯誼會；十一月則出席由我國主辦的「第二屆世界詩人大會」。以上所述，意在截取生活中的一節橫斷面，讓有心的讀者能夠大略瞭解我在寫作以外還做了些什麼。

這樣到了民國六十三年元月，才由三民書局出版我的另一本詩集「橫笛與豎琴的晌午」，內收五十四年訪韓後的那一系列作品——訪韓詩束，以及其受矚目的小詩——「一朵青蓮」；還有十四首「寶島風光組曲」等。同年和羅門獲印度「世界詩學會」頒「東亞傑出詩人伉儷」榮銜。並有作品刊載在盧森堡發行的「新歐洲文學季刊」。

民國六十四年是生活上的轉捩點，由於經濟起飛，社會進步繁榮，我服務了廿多年的國際電信機構業務也隨著直線上升，十分忙碌。我在生活、工作與理想的追求這三者間必須放棄一樣。因爲當時職務上的壓力相當重，於是我毅然向公家申請提早自願退休，爲獲得從容的時間繼續走我詩的長途。退休後兩個月(我是七月奉准退休)，也即九月四日起，我開始在當時的「青年戰士報」副刊每日撰寫有關詩創作的理論文章，是我詩創作本身以外的另一種嘗試；同時也擔任三種不完全相同性質的文學獎評審。而在退休前不久，自己也榮獲「一九七五國際婦女年」國際婦女獎。次年(六十五年)應美國詩人大會主席卡納德博士之特別邀請，和羅門一同出席爲慶祝美國建國兩百週年召開的世界第三屆詩會。

民國六十六年，與散文作家葉禪貞女士結伴，參加一藝術訪問團赴歐旅遊，一償嚮往多年的宿願。回來後曾陸續在各大報副刊和文藝性刊物撰寫歐西各地的風光、景物、民情，古蹟和文化，宗教與歷史；甚至有人視這些遊記是一種「藝術巡禮」，引起一些使人愉快的反響。兩年後，當時的「乾隆圖書公司」原打算出版我的這本「歐遊手記」的，連預約書的大幅廣告都打出來了，不意書尚未付梓而公司已倒閉；到七十一年，「德華出版社」雖實實在在的印出了這本書，不知何故卻從未向市面上正式發行，更從未在報紙刊登過一次出書廣告。原來不久他們也因財務上的困頓而結束出版業務了！這情形讓人感到好無奈。但是，本年內道聲出版社出版了我的另一本詩集「天堂鳥」。卷首那一組四首寫「傘」的詩，尤其第一首最得詩評家好評，近後段有十首詠「花藝」的詩爲我個人新嘗試，至於寫美國的幾首詩中，我個人比較重視「紐約、紐約」這首。

六十七年經由黎明文化都事業公司出版了「蓉子自選集」，使我寫詩將近卅年的風貌，有了一個初步的綜合性的呈現！

六十八年以後我繼續寫作，也繼續從事一些文藝工作與活動。如本年內以「中華民國代表」及代表團「國際關係組組長」職分參加在漢城召開的「第四屆詩人大會」。七十年則先後出席第一屆「中韓作家會議」；參加「全國第三次文藝會談」和「亞洲華文作家會議」以及七十一年的「中、日、韓現代詩人會議」等。比這些會議更令人高興的是本年十二月「爾雅出版社」重印了我絕版已廿多年的「青鳥集」；七十三年二月由林海音先生主持的「純文學」正式出版上市了我的散文遊記——「歐遊手記」；而七十五年又承「大地出版社」出版我的最新作品——「這一站不到神話」顯示了與以前的作品完全不相同的風貌，它們表現了我前所未有的與現實生活的親和力，培養了我對周遭事物的關懷、關愛和憐憫，而且用最為樸素的手法將之表現成詩。我以為詩是與生命同步的，只要屬於自己的「時間列車」一天不停下腳步，詩也不會從人間消失。至於有關作品以外的種種切切，那就留給他人去煩心了！

（原題「我的詩路歷程」發表於75年12月「文訊」27期）

■蓉子作品目錄

書名	類別	出版者	出版年月
①青鳥集	詩集	中興文學出版社	民國42年
		爾雅出版社	民國75年
②七月的南方	詩集	藍星詩社	民國50年
③蓉子詩抄	詩集	藍星詩社	民國54年
④四個旅行音樂家	童話翻譯	國語日報社	民國54年

⑤童話城　兒童詩集　臺灣書店　民國56年

⑥日月集　英譯的羅門蓉子詩集　美亞出版社　民國57年

⑦維納麗沙組曲　詩集　純文學出版社　民國58年

⑧橫笛與豎琴的晌午　詩集　三民書局　民國63年

⑨天堂鳥　詩集　道聲出版社　民國66年

⑩雪是我的童年　詩集　乾隆圖書公司　民國67年

⑪蓉子自選集　詩選集　黎明文化公司　民國67年

⑫歐遊手記　散文　純文學出版社　民國73年

⑬這一站不到童話　詩集　大地出版社　民國75年

■蓉子作品評論索引

篇名	作者	期刊名	刊期	時間	頁次
①「青鳥」序	張道藩	中央日報		42年11月5日	6版
②晶瑩的珠串——讀「青鳥集」	番草	中央日報		42年12月1日	副刊
		青鳥集		71年11月1日	
③蓉子的「青鳥集」	司徒衛	新生報		43年3月14日	星期書評
		五十年代文學評論		68年7月	頁20~30
④評「青鳥集」	覃子豪	台灣新生報		43年3月12日	
⑤女詩人蓉子	余光中	婦友	83期	50年	
⑥女詩人蓉子	余光中	文藝生活	2期	50年10月	
⑦評「七月的南方」	張健	現代文學	12期	51年1月20日	

⑧蓉子的「七月的南方」	藍菱	大中華日報（菲）		51年4月5日	
⑨青鳥，飛向七月的南方——談蓉子的詩	季薇	文藝天地（菲）	439期	51年4月	
⑩詩的大路和遠景——寫在讀「青鳥集」之後	白雁子	大中華日報（菲）		51年5月21日	
⑪試評「七月的南方」	藍采	作家	1卷3期	53年12月25日	
⑫蓉子詩抄	唐山人	大中華日報（菲）		54年8月8日	「語夢錄」專欄
⑬新詩品——介紹兩本新出的詩集（蓉子詩抄、紫的邊陲）	瘂弦	新文藝		54年8月	頁40～45
⑭小論蓉子，蓉子詩抄	林寒潤	光華日報		54年11月17日	
⑮最具內在潛力的蓉子	帆影	自由青年		56年6月1日	
⑯一朵青蓮讀了後	菩提	新文藝	148期	57年7月1日	
⑰自我塑造——試評蓉子佳作「一朵青蓮」	辛鬱	文藝	1期	58年7月7日	
⑱蓉子、一朵青蓮	周伯乃	文藝	1期	58年7月7日	
⑲試評蓉子詩作「一朵青蓮」	辛鬱	文藝	1期	58年7月7日	頁83～85
⑳淺論蓉子的詩	周伯乃	自由青年	40卷5期	60年11月	頁112～120
㉑羅門和蓉子——國際重視的我國詩侶	范大龍	中華日報		62年1月21日	2版
㉒不薄今人愛古人——我讀新詩評介「橫笛與豎琴的晌午」	琦君	中華日報		63年3月22日	
㉓蓉子的「傘」	辛鬱	青年戰士報		65年11月22日	
㉔評介「蓉子自選集」	辛鬱	民族晚報		68年1月22日	11版
㉕開得最久的菊花——讀「蓉子自選集」	向明	台灣新聞報		68年4月11日	12版

㉖蓉子的「傘」	羅青	大華晚報		68年4月15日	7版
㉗談鄭愁予、蓉子的詩	蕭蕭、張漢良	中華文藝	18卷3期	68年11月	頁124～129
㉘蓉子的「天堂鳥」	南之	青年戰士報		70年5月9日	11版
㉙歐遊手記(蓉子)	陳寧貴	中央日報		71年6月18日	10版
㉚清芬滿心懷——推介「歐遊手記」	芯心	中央日報		71年8月30日	10版
㉛喜見青鳥(蓉子的「青鳥集」)	陳煌	中央日報		71年11月24日	10版
㉜女詩人蓉子的「歐遊手記」	羊令野	台灣日報		72年2月6日	8版
㉝祈禱的新境——讀蓉子的「青鳥集」	陳寧貴	葡萄園詩刊	82期	72年3月15日	頁10～11
㉞永遠的青鳥(蓉子的「青鳥集」)	向明	文訊月刊	3期	72年9月	頁120～124
㉟令人心曠神怡的遊記(蓉子的「歐遊手記」)	唐潤鈿	國語日報		73年2月28日	7版
㊱「青鳥」讀後記	許任政	文訊月刊	18期	74年6月	頁193～194
㊲「永遠的青鳥」——蓉子	鍾麗慧	文藝月刊	192期	74年6月	頁8～18
㊳千曲無聲——蓉子	高更訪問	幼獅文藝	208期		
		生命的三重奏，蓉子自選集			
㊴蓉子詩抄(新詩品)	瘂弦	新文藝	113期		
㊵讀「七月的南方」	劉國全	香港「文壇」	208期	7月	

《作品選》旅夢成真

「到歐洲去」對一般人來說，眞是一個讓人憧憬和嚮往的夢。

少年時代我已在做著旅遊的夢；尤其是旅遊如歐洲這類地方的夢；然而，要實現此夢想時，中間得跨過了多少歲月，多少渺茫的期盼，多少等待的空白——眞像天邊彩虹般可望而不可即的夢。而在漫長的大半生中，平凡的日子裏，我們忙著成長、學習、體驗，且將自己狠狠地投入生活與歲月，如此幾乎要把悠閒的旅夢，無盡期地擱置了。

直到有那麼一天，當一切主客觀的條件都正好配合時，旅夢就成眞了！那是當我獲得了這種可以去遙遠歐洲的機會；其次是當自己從多年辛勞的工作中總算儲存到這筆旅遊費用；更有、直到那一刻，我方能全然地自由支配屬於自己的時間——當然，以上三點都只屬我個人方面的種切。至於整體方面的情境是由於廿世紀交通工具日益快速便捷，加上一般人的觀念開放了，從此出國旅遊不再是少數「有辦法」，或有錢人的專利。我的幸運是能夠參加由名畫家與教育家袁樞眞教授所領導的一次「歐洲美術考察團」，與名作家葉蟬貞大姊以及卅多位有成就的畫家爲伴，以一整月時間遨遊了十餘國家，廿餘座城市。沿途雖也曾落脚亞洲幾個國家城市，如新加坡、曼谷、香港等，我却不打算將有關它們的印象和風光收在此處；另有篇幅較短的如地中海濱渡假勝地「夏日尼斯」，賭城「蒙地卡羅之夜」等也暫行割愛，以求統一的美。這是因收集「歐遊手記」中的各篇多爲長篇，大都以一座座城市爲單位，就我所見所聞，所感所思來作報導。由於行程匆匆，每天節目都很緊湊，雖說能夠參觀較多的地方，而所見却多浮光掠影。我突然想到，我只是在不停地收集那一座名城的波光雲影而已，因爲不論何時，當我們從時間中走過，就難再回首。而此刻，西歐的原野是這樣美，美得令人心醉，似乎湖光山色中有一種不屬於今世的寧靜，而一片草地，一畦繁花具見人們的愛心。郊野被照顧得一塵不染，益增湖山與草場的鮮潔明媚，綠樹繁茂葱翠，一幢幢玲瓏可愛的小屋散綴其間，宛如世外桃源，其中尤以充滿細柔情調的奧地利原野最具代表性。自然，旅人們迢迢萬里去歐洲，並不是專爲欣賞他們優美的自然景色去的；毋寧說，是由於這一度曾爲全世界主人的歐洲，縱然舞台已轉換，却爲人類留下了數不清的古文化遺蹟，是他們祖先走過的珍貴足印，經後代子孫加意保存了下來。對於他們所擁有的豐富文化寶藏，啊、別說只有短短的一個月光陰，如想瞭解得完備一點，即使用上一整年時間也未必能看得週全哩！

(寫到這裏竟有些感慨，想我悠悠歷史的大中華，古人所留給我們的豐厚文化遺產本不在他們之下，却未爲我們這些後世子孫所重視，特別是對那許多可作爲一國歷史文化具體證物的古老建築竟任其傾頹或遭人爲的破壞！)

羅馬是南歐的總門戶，也是我們這趟歐遊的第一座城(印度的孟買是此次的意外收穫；但賺得了一座孟買却將原列在行程中的古雅典城丟失了！)由於羅馬曾經是威震世界偉大帝國的都城，城內有太多充滿歷史滄桑的古蹟名勝，而時間令那片史蹟斑斑的廢墟變爲「黃金」——價值的寶藏。還有那被譽爲文藝復興聖地的翡冷翠和奇異顯赫的水城威尼斯。使古羅馬不止於文化藝術方面的影響遍及整個歐洲，即使在軍事政治方面也曾君臨四方，版圖隨國勢的推展，幾擁有今天絕大部份的歐洲土地。像後來我們走過的奧地利、西班牙、英吉利等國以及德國萊茵河流域沿岸，都能發現古羅馬建築物的遺跡。是的，我們不僅走訪了多霧的倫敦，也曾驚鴻一瞥過瑞士——在被稱爲「瑞士第一城」的蘇黎士停留了半天一夜；在西班牙的巴塞羅納看了一場緊張刺激而殘酷的鬥牛；然後去馬德里參觀了一些地方；也曾去馬德里附近的古城托倫多「夢」遊了一趟，並曾參謁那位從義大利回來後，便終身隱身在此城的大畫家艾爾‧葛雷柯的故居；曾在花都巴黎盤桓了數日，浸沈在這都市爽朗的美與藝術氣氛裏，一面等待着去北歐三國的簽證。而荷蘭、比利時等國的簽證遲遲不下來，旅行社負責人員竟騙我們提早離開了興猶未盡的巴黎；提前進入德國北部最大的港都漢堡。漢堡離歐洲著名的北海已經很近很近了；而在這之前我們已經訪問過有「啤酒之鄉」稱謂的南德名城慕尼黑。在漢堡之後接著我們就訪問了德國最古老也最現代化的國際都市法蘭克福，它是西德對外的航空門戶，亦是我們這次在歐洲國土、所訪晤的衆城市中最後一站；不過在離開法蘭克福前，我們曾經作了一次萊茵河的水上之旅，留下了教人難以忘懷的記憶。

是的，懷着一份興奮的情愫，就這樣地作了一趟最輕快的歐洲之遊。雖然在去歐洲之前，我已有過幾次出國的機會，像民國五十四年我曾和前輩作家謝冰瑩教授，散文名家潘琦君女士代表中華民國女作家應邀赴大韓民國訪問，回國不到一週又應聘赴菲律賓講學。也曾於民國六十五年赴美國開會等；但那幾次都有不同性質任務在身，責任在心頭。雖也曾有機會參觀這幾個國家的風景名勝，但無論就時間的安排或目的來說，那僅僅是附帶的——是工作後的餘事；而歐洲之遊才是我眞正的一次純粹旅遊。

踏上了歐洲這塊土地，雖然風光景物全不同於我中華，但却有一種說不出的「似曾相識」的感覺，而前歲我去訪同爲白種民族的美國的時候，便全無這種感覺。許是由於他們厚實的歷史文化背景和來自東方有着數千年文化傳統的我們有可以契合之處——雖然東西方文化的性質不同。倘用淺俗的話說，可以「門當戶對」形容之，也就是說，我們中國人與歐洲人都一樣係「文化世家」的子弟，由於文化的涵澤深厚，遂於無形中有一種相感相通之處吧！

乍看歐洲諸國，頗多類同的面貌，城市的建築式樣不是羅馬式便是哥特式或是較晚的洛可可式，很難看到如美國式的摩天大樓。城市都有著名的廣場，巍峨的大教堂與收藏豐富的美術館，是宗教信仰與對藝術愛好的具體形像；還有那許多美侖美奐的宮殿隱隱地在訴說着這些國家過往的歷史，帝王的權威以及他們豪奢浪費的生活。一般老百姓的住宅也都講究色彩的醒目與調和，環境的美觀和清潔，從而能感受生活的寧靜與幸福。而歐洲人又普遍地愛好花朵，幾乎沒有一國例外，他們對於花兒們的愛，總是那般的慷慨，總是滿滿的種植，大片地鋪陳，無論是庭園、河岸，甚至道路兩旁經常是繁花如繡——用不同顏色的鮮花勾成各種圖案；不但郊外如此，在城內住戶密集的地方，在公寓大廈每一層的窗口也都整齊劃一地擺滿了相同的盆花，不僅大大愉悅過路人的眼睛，也讓人感受到一種和諧整體的美。事實上、這許多國家、各有不同的歷史和文化發展路徑，更有不盡相同的風俗習慣、生活民情，形成他們獨特的民族風味，像義大利人的强悍，奧國人的溫雅，西班牙人的熱情，法國人的閒逸，英國人的穩實，德國人的方方正正……每一國家都具有其特色，每一座城市都予你不同於別個城市的感覺，每一天都有新事物或使用不同語言的人在等着你，使你不住地增加新的知識，不停地推廣自己的見聞，好像是參加了一個「密集」的研習班，去讀一套有關歐洲活的人文史地書那樣，怪不得古人要把「讀萬卷書」與「行萬里路」相提並論；而行萬里路畢竟更爲生動有趣，因爲幾乎所有你能吸收到的知識見聞都有實物實景爲證，而我又每多記述我較感到興趣的事物。我想寫遊記不全是客觀的記錄，因爲它到底非歷史地理；但却又必然地包含了有關此一國此一城市的地理歷史人文因素在內，你儘管自在地表達屬於個人的觀感和印象，但對於重要的歷史事件，總得信而有徵，縱然無法作全面理解。至於人家的歷史記年，尺寸大小等也必須有所根據。惜我歐遊之前未曾將即將訪晤的那些國家的歷史、包括西洋藝術史以及地理概略等好好地看過一遍，甚至連遊記之類的書也未好好地看過一本(當時市上尚無幾册遊記出版)，就這樣懷着滿腔的興奮以及少年時代所讀過的那麼一點關於世界史地的模糊記憶便登上征途了！等雙脚踏上了歐洲，才知版圖不大的歐洲所擁有的文化遺產竟是那樣豐富，那等地讓人目不暇接就愈感自己的謭陋，於是從皮包內掏出記事簿和原子筆後便無法再放回去了，我邊聽邊看邊走邊寫，一路行來，看不完的風景名勝、繪畫、建築與雕塑，聽不完的歷史掌故和傳說，記錄不完的片片段段，祇是旅程總有終了時——當旅程結束時，我帶回了四五本塡滿了零碎資料的記事簿子，十卷照片和各地的風景明信片，是我此行最具體的收穫了。收集在本書內的廿一篇遊記可說大皆根據這些片段資料發展、補充後才組織成文成篇的。有了這幾本不漂亮（片斷又潦草）但眞實的「手記」，方能補我記憶之不足；才能作我寫時的最初依據。常常爲了所記有不甚瞭然處，我必須設法弄清楚；有可懷疑處，我得千方百計去求證；或對某事某物資料過少，而我仍需描繪時，便去增補其血肉，使不致過份貧瘠。爲了寫這本遊記，無形中倒讓我多讀了幾本書，尤其是繪畫藝術方面的書，諸如歐洲文藝復興（簡）史，西洋美術史、彌蓋蘭基羅傳、達文西的生平與作品解說等。雖然以上諸書，眞正能應用到遊記中之資料百不得一；祇爲了自己以「外行人」的身份參加了一個全是畫家的團體，頻頻進出歐洲各大著名的藝術館、博物館，看到了不少名畫眞蹟，事前既無準備，回來後總得自我『惡補』一下——此亦「亡羊補牢」也，以求與所看到的相印證。而我遂以「歐遊手記」來命名本書。

選自「歐遊手記」（台北，純文學，一九八四）

童真

●**童真**，民國十七年生，浙江慈谿人，聖芳濟學院畢業。著有小說「古香爐」、「黑烟」、「爬塔者」、「相思溪畔」、「紅與綠」、「夏日的笑」、「寒江雪」等。曾於民國四十四年獲香港「祖國周刊」短篇小說徵文李白金像獎；五十六年獲中國文藝協會第八屆文藝獎（小說類）。

令繁花自呈豐姿

歲月的輪子轔轔地奔馳，從我開始寫小說時起，至今已過去三十多年了。在這三、四十年間，自由中國文壇的變化，不可謂不大；起初是貧瘠荒涼，繼而是蓬勃蓊鬱，而最近十年來，商化的煙霧卻遮迷了正確的走向。然而文學畢竟是千古事，總有少數勇者，用智慧凝鑄成的筆劍，挑開煙霧，在燦燦麗日下，令繁花自呈豐姿，道路導向遠方，而年輕的耕耘者，也因此，腳步更踏實，目光更燗邃。

我的寫作生涯始於四十年冬，那時，我和夫婿陳森住在花蓮的光復鄉。我求學時代原本酷愛文學，婚後餘暇也以閱讀小說名著爲樂。當時，兩歲長子驟然夭折。喪子之痛，難以排遣，於是，我把愁緒轉移到寫作上去。我清楚，我初期的作品的確比較粗糙，但也正好符合當時報刊的要求。就這樣寫了三、四年，自覺有了不少進步。四十四年冬，我竟以一篇「最後的慰藉」獲得了香港「祖國周刊」短篇小說徵文的亞軍獎(李白金像獎)；這小小的勝利給了我莫大的鼓勵。我告訴自己：我要勤奮地寫下去，希望有一天能寫出一些具有份量的小說。

翌年春，我家移居到高雄的橋頭，住所要比以前寬敞得多。我有一間四蓆半大的書房，前後還有很大的院子。我常讓三個稚幼的兒女在庭院裡玩耍，使自己有較多的空閒可以利用。由於那次徵文獲獎，所以香港方面的報刊多來約稿，除「祖國周刊」外，我還在「大學生活」、「中國學生周報」、「文學世界」、「自由人」、「中外畫報」等報刊發表我的短篇。同時，在國內，我也擴大了投稿的園地，除「聯合副刊」外，我也給「新生副刊」、「自由青年」、「幼獅文藝」、「自由中國」、「文學雜誌」、「文星雜誌」等寫稿。我的寫作時間很有規律，通常都在晚上八時到十一時，而白天，則總用來閱讀、構思、修改或謄清。每月我大概可以完成二個或三個萬字短篇。四十六年秋，我的中篇小說「翠鳥湖」在「自由中國」連載，然後由該社發行單行本；同時，我的第一個短篇小說集「古香爐」，也由高雄大業書店出版。

●病後的蛻變

就在我創作興趣十分高昂時，么兒出生了。他體弱多病，發燒連連。所以四十七年的整個春、夏兩季，我都在焦慮中度過，而且幾乎日夜不停地照顧他；等他的小身子漸漸康壯時，我眞瘦得像根竹竿。秋日來到，我把他放在網狀的搖籃裡，常常左手搖動搖籃的繩子，右手握管；直等他周歲以後，我的寫作才恢復正常。在四十七－四十九，三年間，我寫了幾十個短篇和四個中篇，因之，自然而然地，我對長篇也起了躍躍欲試之心。我計劃寫一個以江南爲背景的長篇；「愛情道上」就這樣在五十年春開始執筆，但我的健康卻每下愈況。我兩次罹患腎盂炎並經常感冒、發燒，伏案久了，腰、背就酸、痛難耐；而四個兒女：十歲、八歲、六歲、三歲，處處需要我的照料，體力負擔很重。到了夏秋之際，我終於眞的病倒了，而且來勢很兇。我把即將完成的長篇擱了下來。我悉心調養了幾近十月。在病中，我經常思索著一個問題：從嬰兒開始，我一直是個羸弱的人，寫作消耗我的精力過巨；病後，我是不是該放棄它呢？

春暖花開的季節裡，我的身子漸漸地復元了，我似禿了一冬的樹枝，慢慢地抽出新葉來。四月的陽光拂去了我心中的陰溼，擦亮了我心中的渴念。在五十一年初夏，我又重新提起筆來。什麼理由？只因爲寫作是我的理想，我熱愛它！我先把長篇「愛情道上」完成，交由「中華副刊」連載；隨後，我寫了中篇「黛綠的季節」，接著，我又發表了「花瓶」、「彩色的臉」、「風與砂」、「長橋」、「紳士淑女」、「一個乾燥無雨的下午」等許多短篇，都很得文友們的喜愛。同時，我驚奇地發覺：病癒後的我，心靈深處，竟像有一股泉水，不斷湧出；外界一件平凡的事物，經過我的觀察與思索，常能成爲一個有用的題材；而寫作時，對人物主題、情節、氣氛的營建上，也自覺能夠收放自如，得心應手。爲什麼會有這樣的改變呢？我探索著原因，才發現是因爲在近十個月的休養期間，我把一、二十部我喜愛的名著重新細讀，一再分析它們的技巧與內涵，尤其是對時空的處理以及人物塑造與故事發展的相輔相成上。大概這段日子的揣摩、研鑽，足足抵得上幾載「寒窗」吧。因此，也使五十二年到六十二年這十年歲月，成爲我寫作的豐收季。

●一幀照片，一場平劇所勾起的故事

五十二年秋，我家遷居到台中的潭子，翌年新春，也是農曆臘月的最後幾天，我們收到了一份珍貴的東西：那是當時還健在的婆婆從大陸家鄉輾轉托人寄來的兩張照片。那時，先翁紹騫公已逝世多年，可想而知，高齡的婆婆把她視爲最値得珍惜和紀念的兩張照片留給了她的獨子——我的外子。一張是才攝不久的她的單人照，另一張則是民國十年，她、公公和她們的獨子在四川自流井所拍的三人合照。外子在感傷之餘，不禁在長長的寒夜裡，對我細訴了他在自流井的那段美好時光。我望著照片，聽著敍述，連我自已也跌沉在我不能觸及的遙遠歲月裡。對我而言，那是嶄新的背景、嶄新的時代、嶄新的人物與衣飾；我也憶起了放在老家客廳裡紅木太師椅旁的那隻景泰藍痰盂。我感到：國事蜩螗，戰亂頻仍，四十年前的一切，在我們不經意中，就會如煙如雲地飄走，永遠，永遠。我突然熱切地想抓住它們，憑自己微薄的力量，給那個時代留下一角清晰的剪影。於是，我著手構思一個故事，在農曆初四那天，開始撰寫「霧中的足跡」這個長篇。它在「新生副刊」連載期間，讀者對它反應的熱烈，幾乎使我震驚。「霧」書之受到佳評，大大地增强了我以後撰寫長篇的信心。

五十四年新春，我又開始從事另一篇長篇小說「車轔轔」的寫作。正確地說，「車」文題材在我心中已經醞釀了將近十年之久。四十五年盛夏的一個晚上，酷愛平劇的陳森和我，興致勃勃地趕到高雄市去觀賞一場平劇，但目睹當時破舊的戲院、窄陋的舞台、朽敗的座位，黯淡的燈光、褪色的行頭、寥落的觀衆，在歸途中，我不禁深深地感慨了，平劇——中國最有價値、久被肯定的傳統藝術之一—它，像一件稀世的瑰寶，經歷災厄，如今卻塵封而斑駁，淪落在陋巷小攤子上，乏人賞識。如果長此下去，平劇藝術是不是就這樣在我們這一代人手中式微而沒落了呢？這一感觸灼痛了我。許多年過去了．我時常在提醒自己：我應該以一個寫作者的身分，對振興平劇藝術作一己的呼籲；同時，我還要描繪這一代人的迷惘、慾求、堅韌與責任。所以，我在構思「車」文時，對人物的挑選，曾再三考慮與斟酌。我希望書中的人物具有個性，也具有代表性；並且，我也深知，小說是感性的，即便是精闢絕倫的理論與見解，但一旦流於冗長，就會斲傷小說的本質。因之，我把它們合散開來，溶成了人物的骨與肉；同時，我寫對話時，也特別用心(尤其是象徵堅靭與責任的趙教授的對話)，總力求簡潔、有力、機智與風趣。「車」文從五十五年五月在「新生副刊」上連載不久，就受到文友們的注意，而讀者們獎掖有加的來信，經由「新副」主編童尚經先生轉到我手中時，我所感受到的那份欣慰與興奮，至今記憶猶新。

「車」文共十八萬字，前後竟寫了一年多才竣事；原因是：這中間，我常應約撰寫短篇小說而不得不停頓下來。那時期所寫的短篇，如：「且走完這一段路」、「鳥與牆」、「山遠山近」、「黑夜的影子」、「一條粉紅手帕」、「樓外樓」、「池中雲」等篇，都是我自己頗爲喜愛的。

●我熬白了半頭烏髮

五十五年春末，「幼獅文藝」主編朱橋先生請司馬中原兄寫信來，邀我在近期內爲該刋撰寫一個長篇。我一口答應下來，並且寫了一個幾百字的故事大綱給朱橋，題名爲「夏日的笑」，預計二十萬字。六月，我就開始動筆。我寫「夏」文，是先有人物、後有故事的。五十二年至五十五年間，我的兩個大男孩進入初中，他們回家來談的，總不外乎是那些在補習班兼課的老師以及那些同學的父親—其中不乏醫師、議員、建築師、工程師、警員以及小職員等；而我自己也有一種嗜好，即：我到豐原或台中買菜時，總要到處走動、到處觀看——看人們的穿著、擧止、談吐，看陋巷的特色，看新興區的情景。它們一點一滴地匯聚在我心底。我在構思時，攪動一下，他們便一個個地重又浮現上來。我把他們整現、剪裁與揉合，就成了「夏日的笑」裡的許多人物；通過他們的言行與思想，我企圖對我周圍的現實社會他一次小型的裸呈。「夏」文九月開始在「幼獅文藝」連載。我按月寄四—五萬字給朱橋。大概寫到三十萬字左右時，朱橋寫信來，他一方面極爲欣喜地敍述著從不閱讀長篇小說的程抱南先生對連載的「夏」文每期都要細看兩遍，另一方面，他又十分擔心地說：「夏」文已比預計二十萬字超出許多，不知道我還要寫多少字，以後寫的又是什麼，偌大一個架構又將如何收場？一句話，他擔心著：怕我把「夏」文的後半部寫砸了。但我卻滿懷信心，雖然我寫得很慢，卻極爲順利。我請朱橋放心：我一句一段一章苦心經營的長篇，是絕不願讓它留下一條失敗的尾巴的。我無日或休地寫了整整一年，在翌年六月寫完最後一章時，我眞是如釋重荷。我知道「夏」文是我此生中所寫最長的長篇(近五十萬字)，爲了它，我寫痲了手，也熬白了半頭烏髮。

我休息了兩三個月，而在十月裡又開始撰寫另一長篇「寂寞街頭」。只是才寫了幾章，外子服務的機構播遷了，我也就隨夫遷到彰化的溪州。我家居住的那個宿舍的缺點是：房間不多，坐東朝西。炎夏來到時，南台灣火辣辣的陽光逼炙著整個屋子，使我那個臥室兼書房的房間，日夜都像一個火爐。我握筆為文時，汗水總是不斷從額上滾下來，滴在稿紙上。我一向孱弱，不喜吹風，但是為了增加寫作的進度（因「寂」文已在「新副」連載），整個夏天，我不得不以電扇來取涼。十月裡，「寂」文完稿，寒冬到來時，我的右臂竟然隱隱作痛起來。

●獲得與失去的悲劇

我一邊在治療我的臂痛，一邊我思緒的觸鬚依然向四處探索。有時，我也會翻閱一下那些蒐集著各種資料的剪貼簿與摘記本。它們使我憶起一件發生在我離開潭子以前不久的小事情。那時，外子服務機構所擁有的二十幾公頃土地，業已撥作台中加工區，連帶還要收購一大片跟我家後院相毗連的農田。懷著一份依戀之情，有一天，我踩著夕陽，走訪我熟悉的鄰近農家。我們聊著日常的生活，我也很自然地向他們探詢出售土地後，作何打算？但我卻很詫異地發現：新舊兩代給我的回答竟然完全不同。此後，有好幾天，我總在鑽研這個問答：在追逐物質生活享受的過程中，我們到底獲得了些什麼？同時又失去了些什麼？這些年來，土地的暴漲固然使一些擁有者在不知不覺的情況下變成了巨富，但兩代間卻也因價值觀念與嚮往的生活方式不同而異其走向。同時，那些逃離大陸的沒落世家弟子，則在這個發展迅速的社會中掙扎——掙扎於自尊與自卑的痛苦中。他們在對金錢與地位的雙重追求中迷失了自我。四月天氣轉暖，我的臂痛似乎好轉，而「中華副刊」主編催稿又急，於是，我就以上述題材為主幹，撰寫長篇「寒江雪」。我對「寒」文中人物的錯綜複雜的心理都做了極為精緻細微的剖析；它是我所有作品中描寫心理最多的一部小說。當時，電視已漸普遍，寧靜的農業社會也嬗變而為繁忙的工業社會，很多人都預測長篇小說將趨沒落，因爲影、視能夠藉著畫面把長篇小說中的故事、人物更直接、鮮活地呈現在觀衆的眼前。可是，作爲一個熱中於小說藝術的我，堅信著小說中仍有一些東西是畫面所無法取代的，例如，美好的文體、靈逸的意象、微妙的心理等；我費力地在這方面追求著，希翼自己的作品能不同於低俗、膚淺的商品。

在五十九年三月，我寫完了「寒江雪」。

我覺得實在太累了。從五十三年春到五十九年春，這六年間，我一連寫了六部長篇；我需要輕鬆一下。我希望寫些短篇來調劑調劑我終年緊張的情緒。那時，我住在溪州台糖宿舍已經兩年。從大環境來說，那兒是個花園社區，到處是參天的樟樹、茂密的榕樹以及平整的綠坪。很多退休的老年人都不願離開那裡。我是那些老年人的朋友，而老人們又是我自己的鏡子。我了解他們並能體會出他們的心境，所以，在五十九年到六十三年間，我所寫的幾十個短篇中，雖然好些是以年輕人和中年人爲取材的對象；如：「我的日子好長」、「光環」、「瞧，這風多好！」、「搬家、車禍、愛情」、「陽台上的閒談」、「純是煙灰」等，但也有幾篇是描寫老年人的；如：「僅有的快樂時光」、「線與線之間」、「夜晚的訪客」、「母親的理想屋」等。六十三年十月，我完成了長篇「白色的祭壇」(在「中華副刊」連載)，它是一個以剖繪不幸婚姻所造成的家庭悲劇。

六十四年夏，我又計劃撰寫一系列的短篇，想以民國三十年前後故鄉江南小鎮爲背景，訴述一些世世代代生活在那塊土地上的卑微、善良、勤勞以及荒謬無知的同胞；那些短篇採取組合的形式，可分可合，而以一個人物作爲貫穿全書的主角。我心中原已有好些個現成的人物與故事，正擬動筆，不料，襲人的秋涼使我右臂風溼痛又發作了，而且延伸到手腕、手指的關節，嚴重時，根本無法握筆、握筷；又因吃了過多的丸藥，胃疾也再度加劇。我只得把寫作的計劃擱置下來。也在這時，讀機械工程的長子服完兵役，北上中壢工作；次子也進入台大化研所攻讀。翌年，獨女赴美深造，么兒也北上中壢去念大學，家裡只剩下陳森和我。我小病了一場，在床上躺了近十天。在病中，我又想起經常疼痛的右臂和手腕以及時癒時發的胃疾。從五十年夏秋之際生了一場大病以後，我一直是個帶病的身子；我之能在這些年來寫了這許多小說，完全是基於對小說的熱愛所產生的毅力，但我卻不願有個多病的晚年，使自己成了個悲慘的老人。畢竟，我已把我最好的一段歲月獻給了小說藝術；是我應該退下來享受讀書之樂的時候了。這一念頭，使我在病癒後斷然停止了寫作，婉拒了所有編者朋友們的好意約稿。六十六年四月，我們回到潭子，在自己設計的屋子裡定居下來，但我卻像我所寫的短篇說「母親的理想屋」中的母親那樣，體驗著「華屋已成，兒女星散」的落寞。現在，我照舊把書桌放在桌前。窗外庭院中是我手植的一排花、樹，我愛坐在窗前看書，也常不自覺地把思維飄向遠方——飄向兒女的身邊，也飄向二十多年創作旅程中我歷經的艱辛與品嚐的快樂。

（原題「我的創作之旅」發表於76年2月「文訊」28期）

■童真作品目錄

書　名	類　別	出　版　者	出版年月
①翠鳥湖	中篇小說	自由中國社	民國47年
②古香爐	短篇小說集	大業書店	民國47年
③黑煙	短篇小說集	明華書局	民國49年
④黛綠的季節	中篇小說	香港友聯公司	民國51年

⑤相思溪畔	中篇小說	香港環球出版社	民國51年
⑥懸崖邊的女人	中篇小說	香港鶴鳴書業公司	民國51年
⑦紅與綠	中篇小說	香港霓虹出版社	民國51年
⑧愛情道上	長篇小說	大業書店	民國52年
⑨爬塔者	短篇小說集	復興書局	民國52年
⑩霧中的足跡	長篇小說	長城出版社	民國54年
⑪彩色的臉	短篇小說集	光啟出版社	民國54年
⑫車轔轔	長篇小說	光啟出版社	民國56年
⑬夏日的笑	長篇小說	長城出版社	民國58年
⑭寂寞街頭	長篇小說	立志出版社	民國58年
⑮寒江雪	長篇小說	立志出版社	民國59年
⑯樓外樓	短篇小說集	華欣文化中心	民國63年
⑰白色的祭壇	長篇小說		

■童真作品評論索引

篇名	作者	期刊名	刊期	時間	頁次
①童真女士的兩本書：「翠鳥湖」、「古香爐」	王鼎鈞	自由青年	19卷10期	47年5月	頁10~11
②論童真(階段論評)	司馬中原	台灣新生報		55年7月5日~6日	7版

③沈默的天堂鳥	司馬中原	幼獅文藝		55年9月	
④車轔轔	老松	現代學苑	4卷7期	56年7月	頁42
⑤夏日的笑	老松	現代學苑	6卷5期	58年5月	頁40～41
⑥鄉下女作家童眞	夏祖麗	婦女雜誌	45期	61年6月	頁40～41
⑦「樓外樓」讀後	張茲棟	中華文藝	8卷4期	63年12月	頁100～102
⑧「鄉下女作家」童眞	鍾麗慧	文藝月刊	190期	74年4月	頁13～20

《作品選》

你去不去呢，林青？

你去不去呢，林青？

上哪兒去？小周，你指的是上電影院，還是逛大街？你說淸楚些！

噢，全不是。我是問你：你去不去參加這次的班級同學會？當然是H中的。節目很多，摸彩啦，郊遊啦．爬山啦看來倒是蠻好玩的。林青，你怎麼啦，對這件事，竟一點兒也不知道，難道你沒接到通知？

唔，慢着，讓我想一想——對了，通知是接到了的，好像是兩、三天前，也可能是四、五天前，反正有這麼一封從高雄寄來的信就是了。當時，我拆開來，一瞧是通函，就沒仔細看下去，順手把它扔了。小周，你是知道的，近兩年來，我忙得厲害，忙得不分晝夜，不分季節，而且，或許是因爲兼了幾個職務，常會收到好些信——多半都是無聊得不値一看，所以我根本不想知道那上面寫的是些什麼。你剛才怎麼說，還要去爬山？是通知上這麼說的？是誰想出來的玩意兒？

總該是那個「李白第二」吧。這次召開班級同學會，就是他發起的。想當年，還在唸高中的時候，他就出版了一本新詩集，叫「風鈴的季節」。在H中裏，他是一個風頭人物：現在呐，聽說做了印刷廠的老闆，無怪乎，印起通知來也比別人方便多了。你沒瞧見，印得硬是不壞！

唔，唔，原來如此！他原叫李文立，對不對？瘦長個子，蒼白臉兒。他老兄最愛舞文弄墨，因而贏得了「李白第二」的雅號。我現在倒記起來了，開第一次班級同學會，不也是他發起的！通知是一首小詩，眞絕。那還是大家讀大二那年的寒假，我剛從學校趕回家來，一進門，就撞見了郵差。啊呀，這一下，我也不知道在家過年的好，還是去開同學會的好；更妙的是，也不知道去哪兒集會。那首小詩似是象徵派，也可能是超現實派，也或許是別的。你是知道的，我對於詩眞可以說是一竅不通；看了十幾遍，還是看不出目的何在，集會地在哪兒。結果，大夥兒都忙着在同學錄上查看李文立的地址，然後上門去找他。你也是的，小周，對不對？你比我早到幾分鐘。

是呀，我正在大聲嚷嚷，你就急沖沖地衝進來了。說起那首詩，我倒是默記在心，直到現在還沒忘記；裏面有這麼幾句：

冬日　澄淨得
如一隻碩大的白色細瓷長頸瓶，
當風　用老船夫的貝殼
在岸上　在水畔
吹出響亮的啓碇號時，
牠遂徐徐地、徐徐地
從一湖的水中浮起……

那時候，「澄清湖」還叫「大貝湖」；「李白第二」說，他是把「大貝湖」三個字嵌在詩句裏了。我們這些人，都是毫無靈感的凡夫俗子，被他一點破，才恍然大悟，也才轟然大笑。想起來，那一次的同學會實在有趣。大家都玩得很盡興。而且冬日的大貝湖，也直像一隻藍色的水晶盤！

對，對，美極了。不論是大貝湖，或者是那次同學會，都美得像我們的青春！喔，青春！你知道嗎，那時，我們剛滿二十歲，不正是「雙十年華」嘛？哈哈！小周，在讀大學的四年中，「李白第二」

不是每年都要出版一本詩集嗎？據內行人說，他的詩確實寫的不錯：富有靈氣！寫詩這玩意兒，可是絕對不能「亂蓋」的，對不對？我呀，我硬是連一首也寫不出。說起來也好笑，前一陣子，有幾個幹國際貿易的朋友，想辦一個經濟方面的刊物，後面還附一個新詩欄。我說，算了，誰懂？他們懂，還是我懂？那次，我倒是想起「李白第二」來了；要是有他在近旁，那該多好！對了，近幾年來，他的詩寫的怎樣了？邁入一種怎樣的境界了？且說，他現在有錢當印刷廠的老闆了，印幾本詩集，該算不了一回事啦。

就是這麼說嘛，有了錢，什麼事都好辦，慢說是幾本薄薄的詩集；即使銷路不好，蝕點老本，也沒大不了。至於近幾年來，他究竟寫了一些什麼，我倒是一點兒也不清楚。以前，他每出版詩集，總要送我一本。而我吶，不知是對詩熱愛呢，還是對朋友熱愛呢，也少不得要讀上五遍、十遍，甚至十幾遍，誠心誠意希望他成爲一個名詩人、大詩人。可是，近兩三年來，我們失去了連絡，要不是接到他的通知，我連他的現址也不知道哩，原來他早搬了家。

喏，連我在內，好多人都搬了家，住到新屋子去裏了。這些年來，變遷不少！小周，你算算看，我們高中畢業多少年了？

十四年，那時候，我們十八歲，現在我們都三十二、三了，大學畢業也十年了。好快呵，林青！

這樣看來，大概我們班上的同學沒有幾個沒結婚吧，除非他原本打定主意不想結婚的。

那倒不一定。有人是讀書第一，三十出頭還在攻博士學位。林青，有時，我不禁要想，一邊唸書，一邊做事，再加身處異邦；人生幾何，也實在有點兒划不來。當然，這是我這個沒出息的人的想法。你知道嗎，我們的班長現在正在美國做「超」博士！

我不知道，還是那句老話，近幾年來，我實在忙得厲害，除了忙自己的工作而外，對什麼都沒興趣。當年，班長坐在我的前排，可說交情不淺。現在想想，當年的交情再好些也沒有用，一旦分離，一在天之涯，一在地之角，也就慢慢兒地疏遠了。班長是個喜歡寫信的人，去美國以後，却惜墨如金；其餘的人，更甭說了。要我到處打聽朋友的住址，哪有這份閒情？

可不是？這年頭兒，哪個眞的有空、有閒？縱然去哪個地方玩一次，也是忙中偷閒。不過，對於寫信，我個人的見解是：想寫的時候，就該馬上提起筆來，否則，一擱下來，就不知道會拖到何年何月。就如開同學會吧，情況也是這樣。哪一個人先想到，哪一個人就該毫不遲疑，馬上發出通知；倘若一定要顧前思後，或者挑個黃道吉日才動筆，那末，這件事，多半就吹定了。對啦，林青，你還沒有回答我：你去不去呢？

是呀，我去不去呢？但，至少，我得知道哪天去呀！那份通知，我千眞萬確地沒有仔細看，但你總該知道是在哪天開呀？

噢，噢，這個，哎啊，這個我倒沒記住。我這個人就是不愛記日子，這有什麼辦法？我只知道就在這幾天內，至於正確的日期……眞是的，誰會想到你竟不知道！不過，那份通知，我倒留着，我可以回去查一查，然後再告訴你。對啦，我還可以在這會兒打電話到家裏去。叫秀琴在我的書桌上找一找。怎麼，你說不必這麼急，明天告訴你也不遲，那也好。秀琴委實不太會找東西，沒有絕對的把握找得到。有一次，我叫她找印章，她幾乎把整張的書桌都翻過來了，結果，印章却在三歲兒子的手上；他倒比秀琴眼快、手快，早抓住在手裏把玩咧。找別的東西也差不離，鋼筆啦、手錶啦、稅單啦，總是找上半天也未必找得到，但她從不承認這是她的缺點，却說我放什麼東西都該事後跟她說一聲。當然，這也有幾分對；我一向不喜歡把大小事情告訴她，那多囉嗦！而且，光是兩個小傢伙已經叫她忙得昏頭昏腦，縱令我跟她說了，她也未必有心聽，而且也未必有心記。母親萬歲！女人有了兒女，什麼事對她都不重要

了。就說開同學會這件事吧，我到今天還沒跟她提起過呢，反正還早吶，急什麼，對不對，林青

急什麼；確是不用急，我是說，不必爲我着急。至於你，你是決定去赴會的，而且，看樣子，是準備帶着太太、孩子一起去的？

我有這個意思，因爲通知上這樣寫着：歡迎攜眷參加！

那就好了，你去，你太太也去，你兩個孩子也去，趁機作次「合家歡」旅行，一舉兩得，何樂不爲！你的兩個孩子幾歲了？大的五歲，小的三歲？

要眞是這樣，那就好了。說眞的，大的是三歲，小的才一歲——十一個月，乖乖，還不會走路哩。

那倒是夠你辛苦的。小周，就你的情況來說，我想，不如早跟你的太太說明的好，也好叫她從早準備，不至於臨陣磨槍，搞得手忙脚亂。你知道，女人家出門可是一件大事，尤其是帶着兩個小孩，什麼尿布、奶粉、奶瓶、水瓶、感冒藥、消炎膏、麥片、餅干、糖果……一應俱全。而且，太太們哪，還要做頭髮、買皮鞋、添衣服，不勝其煩。嘿，小周，看來，你告訴你太太要比告訴我還來得迫切！

什麼？你認爲在同學會中，太太們太太們也要鬥艷爭妍一番嗎？

誰知道？女人哪，愛美是她們的天性，同時，妒嫉可也是她們的天性呀！依我看來，哪一個女人不喜歡別人說她漂亮？哪一個女人又有胸懷忍受得了別人比她漂亮？就是這麼一回事。小周，你敢不敢跟我打賭，如果這次你太太黯然失色地回來，那會比不去的更糟。她哪，會認爲你這個做丈夫的是個窩囊廢，你的錢賺得不及別人多，你待她不及別人待太太的體貼，甚至你愛她也不及別人愛太太的深；如此、這般，她會像隻沒嘴胡蘆般地對你嘀咕上幾個禮拜，包叫你吃不了兜着走！小周，你相不相信我的話？我甚至可以說，即使是過了一年半載，提起這件事來，她依然會創痛猶新，餘恨未消。當然，你不願意她這樣，也不願意自己這樣，對不對？而且，嫂夫人天生麗質，打扮起來，絕對輸不了別人；這

點，你大可放心！

呃，呃，聽你這麼一說，這次郊遊不就等於赴宴了？那是非穿一件別緻的旗袍前去不可的！然而，這又怎能爬山呢？

為什麼非穿旗袍不可？可以穿迷你裙呀！又活潑、又美麗、又年輕、又大方！

天哪，三十歲的女人穿迷你裙！我可一點兒也不欣賞。已是準徐娘了，還要向十八歲的小妞兒看齊？當然，別的女人穿，我可沒話說，不過，秀琴要穿，我可有權反對。這絕對不是她的皮膚黑，或者兩腿粗短、疤痕纍纍，或者別的什麼，而是我委實看不出這種年齡的女人穿起迷你裙來還有什麼美？如果她為此嘮叨，那我也就顧不得這麼多了。或許你認為我有點兒古板；或許我是一個鑑賞力不很高的男人，然而，光是欣賞那些流行的玩意兒，可也不是一等高手呀。

這就是所謂見仁見智，每個人的看法不同；誰也不必勉强誰。這是我個人的人生觀。嫂夫人那天要穿什麼，她有她的卓見，你也不必為她操心。至於我呢，我是根本不管我太太的衣着什麼的。她總跟她辦公廳裏的同事商量，不時添置一、兩件新裝，把舊的送給了傭人。我不能否認，她有點兒愛美，但她今年才二十五歲，才生下第一個孩子，不穿些時髦的衣服，誰穿？她幾乎把每個月賺來的錢全花在衣着、化粧和應酬上了。她喜歡這樣。是她自己的錢呀，她有自由支配的權利，我不能干涉她；一句話，我不想勉强她。任何事，一勉强，就會叫人怪不痛快的。

這倒是由衷之言、經驗之談。噢，噢，任何事，一勉强，就會叫人怪不痛快的。再說這次班級同學會吧，去與不去，也儘憑自己高興，絕沒有勉强的意思。我記得，第一次開會，去的共有三十八人，第二次是二十五個，因為有些正忙着出國去。正如你所說，任何事，都勉强不得。今年呢，加上太太和孩子，不知道有四十個沒有；其實，要眞有三十個，也可以算是不錯了。通知上還說，希望參加的人先給他一個回信，讓他可以統計一下人數，安排餐點什麼的。這一回，「李白第二」做事可一點也不含糊。畢竟，他當了印刷廠的老闆，慢慢兒地也就精明起來了。

是呀，精明是可以學的。其實，以前，他的糊塗也是學來的；李白有時不也是糊裏糊塗的？小周，你說對不對？李文立哪兒眞的是個糊塗蛋？寫詩、作文、演講，無一不精；開辯論會時，誰也不是他的對手。這一次，你碰到他時，可別忘了向他要本最新的詩集！嘿，嘿，要是他果眞精明起來的話，這幾年來，他或許已從詩人變爲小說家了。

我不知道他現在是詩人還是小說家；或者是，既是詩人，也是小說家；也或許是，既非詩人，也非小說家，因爲他現在已是印刷廠的老闆了。我多希望早點看到他，你呢？說來說去，林青，你去不去呢？

我去不去呢？哎喲，我去不去呢？那天又是郊遊，又是爬山！我一向是這樣喜歡爬山的！年輕時，我曾不止一次地參加過登山隊。

可是，現在，你仍然很年輕，我們全都很年輕；我們甚至還算不得是中年。我們這次甚至也可以成立一支登山隊，你贊成不贊成？我們可以在給「李白第二」的回信上作這樣的建議！

呵，回信不妨慢慢寫，至少，等我知道了哪天去，再寫也不遲。什麼事，我都喜歡經過考慮、經過安排。爬山是個有趣而精彩的節目；我認爲，那座山上最好有個招待所。小周，你用不着這樣看我，我不得不這樣希望，因爲除了我們男人之外，還有女人和小孩。至於我自己，在帳篷裏躺過，在岩洞裏睡過，也在山胞家裏宿過，我可不在乎。雖然，如今，我家裏有冷氣機、有各種現代化的設備，但我仍不在乎。你也不會在乎，是嗎？

我也同樣不在乎，我們都是大男人。

我們都在爲女人和孩子着想。

是的，因爲他們都是弱者，而我們却是强者。

而且，我們又是一家的首腦人物，一家經濟的主要來源，一家計劃的決策人；譬如說，我最近正在計劃添置一輛汽車。

汽車？噢，是眞的？

當然是眞的？我哪一件事騙過你？我喜歡汽車，喜歡自備汽車。

噢，當然，我也喜歡。你預備買哪種牌子的？青鳥牌？

青鳥牌，不夠氣派。老實說，買汽車就在講究氣派。

那末，雪佛蘭、培客、飛也特、還是卡特力克？

噯，這些牌子倒還差不多，我的一個朋友買的就是雪佛蘭，奶油色的，嘿，漂亮，裏面還有冷暖氣設備，舒服極了。

多少一輛？二十萬？二十五萬？

誰知道？還得看出廠的年份。總得二、三十萬吧。小周，現在的二、三十萬，也算不了什麼了；譬如，三年前，我買的那戶公寓是三十萬，現在是五十幾萬。

可是，以前我們讀高中的時候，往往連五十塊錢也湊不起來；一句話，大家都變了。這次見面，可能有些人都不認得了。那是很好玩的，林青，你究竟去不去呢？

是啊，是啊，我是很想去的。我早就想跟大時夥兒碰碰面，敍敍舊情，談談近況。我實在很喜歡朋友，尤其是老朋友、老同學，不管分別多久，總有一份情誼在。有一次，我還想到：大家最好捐些錢，買些運動器具，或者實驗儀器，獻給母校，但近幾年來，我實在太忙了，一躭下來，就忘個精光。譬如說，在你未來之前，我正在接洽一樁業務，而在晚上，我還要去赴一個宴會，明天上午，又要出席一個簡報，並且，我還在另兩個機構裏兼了差使，每一處，一星期兩個下午的班。我實在討厭開會或者赴宴，但是沒有辦法呀。我倒是喜歡參加班級的同學會，因爲輕鬆而愉快。假如去爬山，那我一定要拍一卷彩色照片回來。我太喜歡山景了。記得十幾歲時，有一次，我還在山裏打過獵；啊，啊，就是這麼一回事。我以前曾經發誓不在都市裏做事，不料如今一做就是十來年。人就是這樣，不僅是我，還有你。

你以前是怎麼打算的？小周？

我不知道，我似乎沒有做過什麼打算；我這個人就是缺少計劃、缺少抱負。秀琴埋怨過我，說我從不爲她跟孩子們着想。

那是不眞實的。

因此，我就把她的話頂回去。秀琴原是一個好妻子，雖然有時不免嘴不留情。不過，有時，我就乾脆做個好丈夫，讓着她一點。

對呀，自家人嘛，有什麼好計較的？今天回去，你要不要馬上把班級同學會這件事告訴她？

這嘛，還沒決定。我現在覺得還得考慮一下。我自己可以去，而她和孩子……出外一次，可不容易。不過，有一件事，你倒可以放心，我一定會把開會的日期和地點用電話通知你。

可是，可是，你何必這麼心急呢，近幾年來，我一直忙就厲害，連星期天也不例外⋯

是的，是的，可是，我總得通知你。假如那天果眞是星期天，那末，林青，你是去呢？還是不去呢？

選自「幼獅文藝」(一九七〇年十一月)

聯珠綴玉

郭晉秀

●**郭晉秀**，民國十八年生，河南開封人。河南大學畢業。曾任高雄道明中學教師。著有散文「地久天長」、「比翼集」、「反哺集」、「我的小女生們」，小說「金磚」、「瓜棚下」等，現任台北市華江女子國中教師。

寫作帶給我很多快樂

●名實之間

抄謄了一遍自己的作品年表之後，數了一下，居然也有八九本厚厚的書呢！可是，距離「小女生」之書的出版，已近十年。「我的小女生們」，是我再度提筆後的一册書，由純文學出版社出版。之後，我再度斷斷續續，也寫了不少散文，偶爾也有一點點短篇的小說，卻再也未結印成書。所以，我只能說是個愛塗鴉的作者，豈可稱家？

我的名字爲一般人熟知，有幾個原因，其一爲我的小學同學郭良蕙，爲名女作家，長篇小說有三十多部，均暢銷坊間，爲一般人崇仰。我倆自小學一年級同學至五年級。抗戰時，大家逃難才分散。到台灣後，因爲丈夫都是空軍飛行員，又恰巧爲同期同學，乃得重逢。爾後，時相往還，一同進出，她的名聲大，我因而被「波及」。

其二，名作家郭衣洞，筆名柏楊，是我堂兄紹輔的長子。當年紹輔兄跟隨我父親，同在我們故鄉河南的省城開封，做大差事(我年紀太小，說不出是什麼事，只知很威風，有汽車、馬弁，家中很多傭人及親戚。)紹輔經常在我家出入，常常逗我哭，(有時也逗我笑，反正小女孩子，大人都喜歡逗著玩。)

我印象特深。民國四十一、二年郭衣洞寫文章很出名了，看到他的資歷簡介，我寫信給他。自茲，他一直對我執禮甚恭。對我的寫作也指導有加，並且鼓勵我在四十五年間，同時印了兩本書。

我既爲名作家之姑母，又爲名作家之同學，不得不有名，有名無實，不是很好的滋味，可又奈何。

寫作，帶給我很多幸運，至少，可以說是生活上的改變。首先是我兒子就讀的中學校長，對我青目，給我兩班國文課來教。我自是感恩圖報，極力表現，書教的不壞，對孩子們的管教尤佳，校長、家長、學生，連我自己，均很滿意。至今，那些很有成就的大男孩們，仍和我保持連繫，連媳婦帶孫輩，我們親如家人。我不承認是作家，我卻坦然的認爲自己是稱職、有愛心的好老師。

寫寫文章，教教書，閱讀天下諸多未讀之書，以此自終，豈非很好？

我卻去做了一任私立女中的校長。原以爲可「興」，可「革」，可以建樹，至少可以改良。全然不行。遠不及做老師，至少你可以「管」你那一百名學生。做了校長，只有重重法令約束你，還有董事會。你又不敢對老師們要求什麼。不好「玩」。不好做。很苦。

我以空軍眷屬的身分，被提名競選議員，是女作家、女校長，被各方看好。一般人競選，各有基本票源，空軍的眷屬更是「鐵票」，而我是自選舉以來，唯一的一位，各個票箱都有票出現。偏遠的，是我的讀者，市區的，是我的學生家長或親友。

以最高票當選爲議員之後，以爲可以建議，可以實行，可以大展鴻圖抱負。又錯了，隻手能挽瀾嗎？一個微弱的聲音，連一粒小石子都不是，似一塊小小的土塊，投出即碎，入水即溶。

什麼都不是了，什麼都沒有了，生活的秩序、寧靜，全改變了，無暇讀書、教書，無暇寫作。五十九年那兩本小說，是五十五、六年間，當選議員之前所寫，之後，似一隻啞了喉嚨的鳥，連不美妙的歌聲也沒有了。這一陣子，我完全擱下了筆，隻字未寫，勉強寫也不能成篇。

六十一年十月，我的空軍飛行員病逝，葬在台北市郊碧潭，我乃擇新店爲家，不再南返。不住眷村，不參加競選，拾起粉筆，重返教壇。同時也捏起了原子筆，因爲，總是感到「有話要說」。大約六十四、五年間，我應邀爲一家大型雜誌，寫了一些現代國中小女生的生活情況，後來蒙純文學出版社印了一本：「我的小女生們」，印的精緻美觀。名攝影家王信親自來我執教的學校，拍下小女生們的生活照片，封底封面均用她們穿著制服和運動衫的照片，生動活潑，彌補了內容的粗陋。

爾今，我倒仍然在寫，寫寫停停，從來沒有寫出自己滿意的作品，也曾失望的，自知不可能寫出什麼「傑作」了。但又忍不住不說不寫，連連看到破爛文章破爛書刊時，便也自我解嘲，我至少文字通順，思想正確，不胡扯，別人能寫，我也寫呀。但是，寫作是我生活中最不得意的一環，力不從心，既無天份，又缺努力，又耐不住不肯不寫。眞是好個無奈的我。

●我的得意事

倒是在南部既做議員又爲校長時，曾偕同文藝協會南部分會，及救國團合辦了不少的文藝活動，均很成功。令人印象最深的一天，是在澄清湖畔，由台中南下的李秀蘭總幹事，和高雄縣的李書錚總幹事，加上我，三位女性副營長，邀到了名作家又是名畫家的王藍先生做營長。當時婦協的總幹事劉枋大姐也南下助陣。王藍夫人袁涓秋姊很感詫異的問王藍：

「人家去東南亞的訪問團，請你做團長你不肯去，怎麼反而肯去做文藝營的營長？不是小了一級嗎？」

那次的文藝營，三位女副營長均很嚴肅。卻是在結業之夜時，我們突然表現了輕鬆的一面。晚會上要表演舞蹈時，因爲音響壞了，大家急煞，又束手無策。問明他們要用那一支曲子後，我和李書錚兩人不約而同時開口：

「我唱，你們跳吧。」

我和李書錚均不不錯的歌喉，唱的十分不差，配合的尤其佳妙。我想那一屆參加文藝營的同學們，一定都還記得。那一隻「情人的眼淚」我們倆唱的實在盪氣迴腸，餘音繞樑。

這件事，算來怕有二十年了，但，每憶及，則得意洋洋，亦喜洋洋。那一屆的文藝營，奪魁的是中部來的學生，白慈飄，如今已是馳名文壇的大作家，其他同學，也多有很大的成就，恐怕也都記得三位「有份量」的女副營長。

另一件得意的事，要數成軍五年，數度演唱，頗獲佳評的「文友合唱團」了。

北部寫文章的女友們，有兩個值得自豪的團體，一個是已維持了三十多年的慶生會。一個是我和婦協總幹事邱七七女士兩人合力組織的「文友合唱團」。每週一下午在文協練唱，每年七月七日抗戰紀念日，在新公園演出。紀念我們艱苦的抗戰，以及我們年輕時的艱苦歲月。

●一個喜歡寫作的人

文章寫的不多，不好，卻仍不斷。歌唱的不差，教書則尤其稱職。我不是作家，但我有太多的作家朋友。去年中央圖書館寄表，要大家塡寫。他們曾做了一次近代作家的資料展出。在大家的生活照片中，我至少找得出來十多張有我在內的照片。在台灣，我沒有親人。有來往的，全是文友們，我生活在他們之間，所以，很多合照中，都有我。因爲我會說、會唱、會笑、又會吃。聚會時，常都有我。

當時我就想，回家找出表來，給人家塡塡寫寫吧。唯其是小人物，資料更不好找，與其百年後，害人費力費神去搜尋，何如今自陳一切，免得別人麻煩。何況，我至今仍未停筆，仍在寫那不驚人卻也不害人的文章。不是家，是一個喜歡寫作的人。曾爲文藝活動盡力，又爲歌唱組團。卻也不令人嫌厭的，文友。

媳婦第三次通知我，說：媽媽人家又催稿了，年底了，只有這幾天了。她笑嘻嘻地，臉上掛了一付：「你又來了」的笑容。驀地想起，架上還有一冊書，很艱難痛苦完成的，爲革命先烈立傳，我分到手的是徐宗漢女士。這本書，我也是被催得一塌胡塗。當你向別人表白，誠實的說：我不會，我不行，別人卻認爲你是客氣，那眞是很難辦的事。

自從孫女珈珈出世，媳婦辭去了自己的工作，專心在家帶自己的孩子，於是，就常常替我接到被人「討債」的電話。她常常會解人意的對她女兒講：「不要吵奶奶，我們到那邊去玩，奶奶要工作，奶奶欠人家的稿子。」

兒子則擺出一付大男人面孔，叫我：「你給人家寫呀。」

寫呀，我老羞成大怒，我要是寫得出來，不早就寫了。莫名其所以的大發脾氣，以掩遮自己的尷尬。

今天，這篇被拖了一年多的文章，終於要交出了。

彷彿自幼我就愛寫寫讀讀的。寫作的本身帶給我的快樂很多，還有副產品，結識文友，一同唱歌，一同吃飯。

寫的不好，是我才短、力拙。寫作帶給我的工作，令我滿意又充實，歷經患難，日子又回到當年的出發點，教教書，寫寫文章，唱唱歌。還有我更得意的一環，含飴弄孫，三歲半的珈珈，每天會問我幾十個「爲什麼」，我要精心爲她解答，全心全力配合她的嬉戲，還要燒煮些可口的營養品，餵她吃。她會嬌嬌地依著我低聲說：「奶奶喲，我喜歡妳。」

人生如此，復又何求。夠了。

（原發表於77年2月「文訊」34期）

■郭晉秀作品目錄

書名	類別	出版者	出版年月
①金磚	短篇小說	台省婦協	民國45年9月
②地久天長	散文	遠東圖書公司	民國45年9月
③比翼集	散文	高雄大業書店	民國55年
④反哺集	散文	天主教聖心報	民國55年
⑤喜事	短篇小說	高雄立志出版社	民國59年
⑥媽媽的假期	短篇小說	台中光啟出版社	民國59年
⑦花紅、沙果、海梨	散文	台北東英出版社	民國66年
⑧我的小女生們	散文	台北純文學出版社	民國68年
⑨革命女傑徐宗漢傳	傳記	近代中國出版社	民國73年
⑩當代國劇名丑于金驊傳	傳記	暢流半月刊連載中	民國76年10月起

《作品選》

看平劇

主管教育的當局，有一件值得人大大喝采的安排，那就是請國立復興劇校的學生實習演出，讓各國民中學一二年級的學生，輪流去觀賞。說是輪流，其實一年才輪得到一次，說是值得喝采，也似乎只有我和我的學生們。而學生們還是在我事先提醒、講解，專注的去欣賞，回校後熱烈的討論，才掀起的「波瀾」。在這種「推動」之下，再加上我以「表演」各式的身段來說明重點，這才「也」掀起高潮，引起喝采。不然，很多人根本不要去，不想去看。她們的理由是：

一、小學時看過，不好看，看不懂，也聽不懂。

二、看一次時間太久，在那兒坐著不動，會睡著。

所以在帶她們去之前，我先講解劇情。國劇示範演出必然是選忠孝節義一類的。數年前，我也曾奉命率領學生去看過「國劇欣賞」。那時候辦的比目下認眞，事先印好幾張資料，刀槍劍戟，大鼓小鼓，鐃鈸胡琴，一般樂器，一般角色，均有個簡介。而且事先把要唱的戲詞，對白，劇情概要，也全都印上，每人一份，允稱方便之至。我就按照那份資料所列，逐項解釋一番。看完戲之後，再在上課時正式的討論。那樣，我認爲比較「收效」。但是現在已經沒有這些資料可用，原因也許是爲了節省不少紙張吧。

記得數年前帶小女生們去看的那次戲，戲碼是蘇武牧羊。這首歌，她們在小學時都學過，都會唱。

事先有了故事及人物的簡介，場次中也減少了一些唱腔，到了最後，大漢天使來迎接蘇武還朝時，字幕上打出來大字：請全體同學一同唱蘇武牧羊歌。同時就映放出歌詞字幕。偌大一個國父紀念館，密密麻麻坐滿了學生。此刻，則全部起立，同唱蘇武牧羊，歌聲、氣氛、均感人之至。

這樁事，震撼了我很久，我握著一枝禿筆，竟不知向誰感謝才好，我「激動」了好幾天，高興了好幾個月，終因無處表達，無力表達，而一任這股激情，緩緩的自行冷熄。只是至今思之，仍然感到振奮，畢竟，我們做過了，我也曾竭力配合實施，十足地盡完我一已之力了。何況，這項「政策」，並未完全「式微」，拖拖拉拉還在推行著嘛。

只是現在沒有簡介了，沒有資料，沒有一切，連個劇目劇名兒都沒有。我却仍然大膽向小女生拍胸保證：「一定好看。」要她們一定去看。而且要用心的看，記住劇中人的名字，動作，看完回來，還要「表演」，我可以又唱又做來加強解說。但，大家若根本記不得戲名人名，那就不必解說了。

學生們向來喜歡聽老師說故事或唱歌，只因老師一向面孔嚴肅，傳道授業的，難得能有輕鬆面孔出現。如今，我答應要「唱」給她們聽，外加解釋，她們樂透了，興奮的等待「星期六」早到。

星期六上午，我們上課上到第三節，厨房特地爲她們二十多班一年級學生蒸便當。她們提前吃飯，打掃。然後按照我們事先大略分派編組的，六至十人一組，「絕不落單」，星星散散分別去搭車（可惜，竟沒有團體的交通工具。以前，公車未聯營時，大家同屬市府，訓導處一個電話，十部二十部車，開到校門口，剪票上車，一車坐滿即開，現在，據說開一趟要上千塊，學生票一格五角而已，擠成沙丁魚，也擠到八十個人吧？五八四十元，啊哈，只好自己去找車吧。）還好，一點多鐘，大家在國父紀念館正門廣場集合時，竟然都也到了，陸陸續續的來，大家慢慢的等，舉目抬頭，値得欣賞的事事物物正多，遠處草地上又奔跑著放風箏的人們，噴水池雖然只噴了幾道細流，也依然引人，說實在的，在大臺北市中心，能有如此空曠一大片地，已屬十分難得。所以，東張西望，很容易混時間。一點半，開始進場。首先，叫她們先去上厠所，然後交待好不要中途進出，不要咳嗽吐痰，不要……不要……諸多的不許(難怪學生不喜歡，太不自由了嘛)。

大家排隊絡繹進場時，很安靜。是這個偉大的大建築，大廳堂，以及那座莊嚴的國父像，把大家震懾住了。大家緩緩的走著，進門，拾級，循序上去，一排排坐下，一個班級，居然只坐到「三排」，而且還不是整齊，是我們劃分的，一小格一小格的豆腐塊。三個學校，由三個方向同時進入，這種含有「競賽秩序」的課外活動，誰也不願喪失榮譽，安靜極了，幾千個座位，坐滿了小女孩，好乖，好可愛。

大概是「主持人」吧？交待了大家幾句，又不許什麼什麼的，又叫大家起立唱國歌。至於將要唱什麼戲給我們聽看，依然未講，如何欣賞國劇？國劇是什麼東西？爲何要欣賞它？更隻字未提。

我一再的檢討查問，這應該是誰的責任呢？我們來了數千人。別人我不知，我們學校這次來的千把個人中，只有我一個人「熱衷」；愛聽，愛看，愛唱。我，盡我一己之力，向我自己的兩班同學解說而已，其他的呢？天哪，可千萬莫要「淪落」得像軍中聽勞軍戲一樣。軍中的勞軍戲，聽說有罰犯了軍風紀的人去聽之說，大門口有兵端著槍站崗，按時進去，不到時間休想出來。你想，居然有受罰聽戲的事！天哪，戲就那麼難聽嗎？

現在的國民小學學生「聽戲」，若不注意，將來亦將淪爲「受罰」。事實上，如今已經有不少人叫苦連天了。尤其是「第二次」(我們之後又一次)的欣賞，是排在星期天下午，大好一天假，被斬去中間一小段，不少人正怨聲載道呢。

其實，主其事者，也是用心去安排了的。你想，蘇武牧羊再怎麼删節，仍是一臺大鬍子，哼哼的唱著不懂的話。這次安排的戲第一齣是除三害(謝謝天，終於打出了字幕，使人衝出迷濛了)。這段故事，小學國語課本上有，她們都知道，同時，那位飾演太守的小女鬚生，臺風極好，口齒也清楚，配合上字幕，使得大家很容易就了解了。知道他是周處的父執之輩，要勸導周處。

可惜的是，飾周處的半大男孩，正在換嗓子時節，根本是在「倒嗓」中，沙啞啞，劈啦啦的嗓音，荒腔走板，又沒有周處那狠勁，大花臉叫不出哇啦啦。使得學生們懷疑我講過的，張飛站在當陽木橋畔，哇啦啦一聲吼，喝斷了橋樑的這回事。最最令人可嘆的乃是小科班居然不開打。像上山斬虎，下河殺蛟，若弄個「虎形」、「蛟形」大打一陣，豈不大家全樂？難道說劇校的學生就不需要在臺上練練功夫嗎？

第二齣戲五花洞。安排欣賞此劇者，必然是因為此戲中，可以有很多漂亮女生出現，能夠吸引大家，使大家悅目開心。殊不知却難為煞了我也。五花洞，就是個沒得可「考」的地名，上冠以「四」、「六」、「八」、甚至十多個，以妖怪幻化為潘金蓮，無論化多少個都可以。只可惜的是，為了舞臺畫面美，原本應該只有一個眞的，却為了擺勻了好看，便成了四眞四假。要費不少口舌，去向小女孩們解說明白。

不管怎麼說吧，這齣戲可把小女孩哄樂了。不是那一羣嬌滴滴的美嬌娘潘金蓮，而是那一大羣「存」著腿，蹲身而行的矮子武大郎，以及矮驢夫，再加上矮子矬的胡大炮胡塗縣官。「出出溜溜」一大臺矮子。回學校之後，我們大家也連著「走」好幾天的「矮子」玩。同時，我叫她們注意矮子們臉上勾的白色，勾兒往上往下，可以分辨出人性善惡。更解釋周處那種大花臉，偏偏叫「淨」。小花臉的是「丑」。

不安排「青衣」戲給孩子們看，是對的。記得有一次請洋朋友看全本白蛇傳，自遊湖、借傘、盜仙草、看到水漫金山，他們都樂極了，到了許狀元祭塔時，人家白娘子正用心的大段的唱著，他們却以為女主角唱太累了，怕是病得動不得了，才捧肚子唉唉。這才眞是有理說不清哪。不過，戲裏面的正角正旦不出現，總是個小小的遺憾。

五花洞也沒什麼打。爲什麼不打呢：孩子們上臺翻「跟斗」不好玩嗎？不好看嗎？

記得有一次跟朋友們聊天，我說我不愛看復興劇校的戲，他們名爲國立，實力却比任何一個劇隊附設的小班都不如，那個朋友對我說：

「不要怪孩子，沒人敎他們，他們知道什麼嘛。」

是呀，是呀，這句話，我終身銘記奉行，人家孩子們不知道，才送來向你們學的，身爲敎師(不管你是任何科的老師)不敎人家，良心安嗎？

大致來說，戲看得很樂。我也盡力的講說一陣，還是把潘金蓮她們的十三咳「哼」了幾聲給她們聽。她們也煞有介事的，拿筆記了一番，什麼青衣、花旦、鬚生、小生、大花臉、小花臉。是個常識，是個使生活更有趣味些的常識。以後，電視節目的平劇，自己可以欣賞，可以哼，自己快樂，就夠了。

國中生看平劇是値得喝采的安排，只可惜太少了，如果每個月一次，甚至採用自由式，不勉强，讓喜歡的人自己去看，也不必勉强老師陪著去。豈不更好？

叫孩子們演給孩子們看，實在好，臺上的孩子跟臺下的孩子樂成一片，實在好。

不要嫌「慢」，不要嫌煩，我們的孩子們，已經被允許公開的看戲和娛樂了。不再是關在書房搖頭晃腦只讀書了，所以我要鼓掌，喝采。

選自「我的小女生們」(台北，純文學，一九七九)

張漱菡

聯珠綴玉

●**張漱菡**，民國十九年生，安徽桐城人。雲旦女子文理學院文科肄業。著有散文「風城畫」、「漱菡小品」，小說「意難忘」、「七孔笛」、「江山萬里心」、「長虹」、「雲橋飛絮」、「飛夢天涯」、「碧雲秋夢」、「櫻城舊事」等多種。

我的文字緣

●從古典中走來

記得在我稚齡時期，不論是處於烽火連天的戰亂之中，還是在偏安一時的平靜歲月裏，記憶中最鮮明深刻的一件事，便是父親在公餘之暇，和母親討論詩文，相互唱和時那談笑風生的情景。我發現，那也是父母親拋開俗務和煩惱，最愉快、歡樂，也是彼此的心靈最接近的時刻。

也許就是這個原因吧，儘管我的幼年，一直都在流離播遷中渡過，學校教育時斷時續，在父親膝前補習中外文史也時有時無，但是我對古文學的偏愛，却是與日俱增。從小學三四年時起，我就對「床前明月光，疑是地上霜，擧頭望明月，低頭思故鄉。」「千山鳥飛絕，萬徑人蹤滅，孤舟簑笠翁，獨釣寒江雪」之類的詩句深深感動，常會讓自己走入詩句所描寫的境界，反復吟咏，忘掉了一切現實的存在。

緊接着，我在哥哥的房中發現了一部附有圖畫的「西遊記」，那天，我坐在廻欄一角的小板凳上，一頁一頁地翻着看下去。孰料這一翻就不可收拾，那天是個星期假日，我早就與幾個同學約好，要出去郊遊的，而我却捧着那本西遊記，整整看了一天。晚上就寢時，還躲在被窩裏，用手電筒照着，又看了第二遍，直到天已濛濛亮了，才倦極入夢。

翌晨該起床上學了，我却呼呼大睡，女傭三番兩次地叫我、拉我，怎麼都弄不醒我。結果，被我母親發現了亮着的手電筒和那本西遊記，才了解原因，狠狠地痛罵了我一頓。但是我却從此一頭鑽進了奇妙的小說世界。一有空，就各處搜尋。於是，在看了「封神榜」、「包公案」、「紅樓夢」等舊小說之後，(紅樓夢先後看了十幾遍，都是看到林黛玉死，賈寶玉出家爲止。)又迷上了母親愛看的天虛我生、張恨水、劉雲若(?)等人的章回小說，隨後更涉獵到姊姊們書架上的新書，凡三十年代作家們的作品，祇要是借得到的，我都不肯放過。

後來，有一次我隨着父母到一位長輩家作客，在他家的藏書樓上，看到了一小箱古版的舊小說，我隨手拿了一本翻了翻，裏面的文字組織很奇特，每一句都是七個字，而且是押韻的，前面還有很多頁插圖我覺得既新奇，又有趣，便向那位長輩借閱，當然很容易地就如願以償，不但借了那部「天雨花」，另外還有一部「筆生花」和一部「兒女英雄傳」，捧回家後，居然也令我看得津津有味。

將這些舊唱詞小說看完，去還書時，我又將其他的民國初年出版的文言小說(好像是玉梨魂、什麼哀史等，我已記不清了。)多種，一併借回家去欣賞，那些小說文字典雅，哀艷動人，我照樣看得不眠不休。

那之後，我又成了武俠小說的迷戀者，如「荒江女俠」，「夜半飛頭記」，「蜀山劍俠」等，我看得白天迷迷糊糊，晚上做夢，自己也變成了一個行俠仗義，除暴安良的女劍俠，本領大得不得了，可惜醒來時，依然還是個弱不禁風的小女孩。

在閱讀式俠小說的熱潮過去之後，我又愛上了「聊齋」的簡潔古雅的文字與神秘的鬼狐故事，覺得百讀不厭，同時，我也經常流連在新體詩、舊體詩和詞的芬芳園地，像康白情的小詩「窗外」、劉大白的「晚秋的江上」，宗白華的「啊／詩從何處尋／在細雨下／點碎落花聲／在微風裏／飄來流水音／在藍空天末／搖搖欲墜的孤星」以及徐志摩、陳夢家諸詩人的多首名作，都是我所喜愛的。然而，古代名家的那些風雅，蘊藉而華麗的作品，才眞正令我心折，而認爲是百讀不厭的藝術結晶、文學寶藏。何況我的父母都能詩能文，先父還出版了不少詩、文集和翻譯文集，自幼在雙親的薰陶下，自然而然地影響了我。不幸的是，我因出生時不足月，以致從小就體弱多病，就學的階段，又阻難重重。直到大陸變色，我隨着母親倉皇逃難，來到台灣。不久，就因水土不服而患了一場大病，經年累月地躺在床上呻吟，既不能就學深造，也不能找個工作幫忙家計，祇有在精神較好時看看書報，打發那難以忍受的漫長而痛苦的病中日月。

●「寫下來，把這個故事寫下來！」

後來，一位長輩從外埠來探視我的母親，見到久病的我，大概有些不忍吧，便坐在病榻前的竹椅上，耐心地，娓娓地爲我講述了一段她的一個同學的眞實故事。

沒想到她那個故事，竟是一劑最神奇的良藥！故事中的人物和悲歡離合的情節，立即牢牢地將我吸引住，日以繼夜地縈廻腦海，揮之不去。奇蹟似地我竟因此忘了病痛，並且產生一種力量，促使我對自己說：

「寫下來，把這個故事寫下來！」

膽子眞不小，生平從沒寫過小說的我，居然提起筆，一天又一天，伏在小小的書桌上振筆疾書，忘了周圍的一切人與事，整個地投入於這個工作。三十多個日子就在這種完全忘我的情況之下過去了，一本十餘萬字的小說竟然完成，奇怪的是，我的病也差不多痊癒了。

書雖已脫稿，該不該公開發表呢？我自己沒主意，有人建議，送到出版社出版，也有人提醒我，先拿到報紙或雜誌刋登之後再出書。我很以爲然，於是，先爲這部小說命名，我想了好幾個，自己都不滿意，最後還是陳老師定公想到了一個最恰當的書名——意難忘，這才大功告成。

就這樣，我抱着姑且一試的想法，捧着稿子，從台中來到台北，自行奔走，連跑了好幾家報館、雜誌社和出版社接洽，結果呢？情形全是一樣，人家連稿子都沒有翻一下，就很客氣地拒絕了我。也難怪，誰會要一個無名小卒寫的不成熟的長篇小說呢！掃興之餘，我衹好捧着那一厚疊原稿，默默地回到臺中，不再心存奢望了。

天下事往往是無從預測的，當我因事再度北上的時候，因爲「旅行雜誌」刋出了我的一篇生平第一次投稿即被錄用的散文，無意間認識了暢流社的主編吳愷玄先生，承他不棄，願意接受「意難忘」，在暢流半月刋上逐期連載，由此開始，我才與寫作結緣。慚愧的是，我早期的作品，實在很幼稚，此時連自己看了都會臉紅。

近三十年來，我先後出版了三十多本創作，有散文集，短篇小說集和長篇小說，還主編了兩套膾炙人口的衆多女作家的精心傑作——海燕集。另外，我還作了舊體詩百餘首，詞百餘闋。

●心中常有淨土

如果要問我寫作這麼多年，有些什麼得失，我願意愉快地回答：由於寫作，我結識了很多肝膽相照的良師益友，也由於寫作，我讀到了大批的好書，吸收到不少新知，增長了不少見識。但是，我也經驗到被人誤解的委屈和冤枉！不過，我不在乎這些，畢竟，人間還是溫暖的、光明的、美好的。祇要我自己的心園中，能永遠保持着一片淨土，一些偶來的風雨，又算得了什麼！

詩和詞是我所偏愛的，在此我錄下若干新舊作品，或可代表一些我的思想和內心世界。

春　夜

點點疏星淡淡雲，軟風吹夢擾離人。
樓前一霎胭脂雨，春在江南瘦幾分。

梅　花

亭亭冷艷吐寒芳，不與凡脂論短長。
品自清明香自遠，一枝疏影上東牆。

山　居

千峯疊翠彩雲封，門掩藤蘿一徑通。
祇道山深人不到，忽聞樵唱有無中。

大雪山林場招待所夜飲

奇峯雖險我能攀，攀到煙霞縹渺間。
祇爲驅寒曾獨酌，舉杯邀月看雲山。

堤　畔

偶從橋上過，踏進翠堤春。野柳爲衣帶，
山花作領巾。溪前棲白鷺，水面耀金鱗。
彩筆何須借，身爲畫裏人。

殘　荷

種蓮緣曲水，一半傍牆隅。敗葉圓成繖，
殘花紫尙腴。迎秋宜聽雨，待露欲藏珠。

君子蒹葭遠，芙蓉豈獨殊。

碧潭夜泛

碧潭水碧碧如油，霧裏輕搖一葉舟。
隱約鐘聲迷野渡，氤氳花氣繞瓊樓。
吟詩莫論浮生苦，織夢難消濁世憂。
我乃天涯一遊子，野鷗何事避灘頭。

陽明山某別墅渡假

野徑盤旋別有天，結廬喜在白雲巔。
奇岩托日迎朝露，古樹藏風歇暮蟬。
驟雨偶來泉欲瀉，疏星時隱月增妍。
閉門習靜塵愁渺，坐擁名山不忍眠。

如夢令

雨歇碧天如鏡，風定綺樓人醒。花氣撲簾香，祇合題詩遣興。休詠休詠，生怕與春同病。

望梅花

妝罷眉長腮潤，添個花兒雲鬢。約夢無憑空對影，鎮日縈廻方寸。秋老西風菱鏡，人與芙蓉並影。

點絳唇（廬山遊）

霧掩羣峯，迷茫十里參天樹。驀然回顧，不見來時路。幾番搔首，已在雲深處。
穿石飛泉，勢若蛟龍怒，聲如訴，神州邈邈，想也渾無據。

江城子（思亡母）

是誰吹笛擾愁人，伴秋蟲，小樓東，彷彿聲聲都在訴幽衷。底事教人腸百轉，篩月淡，一簾風。慈顏常在夢魂中，似相逢，却無蹤，時節清明何事去匆匆。記得年時曾倚膝，新雨後，數歸鴻。

菩薩蠻

夢廻常覺情懷惡，祇緣難赴西窗約，帶染昔時香，燈前引恨長。春深芳草路，一帶荼䕷樹，飛雪點吳唇，應知花笑人。

浪淘沙

大地起西風，春去無蹤，中原多難遍蒿蓬，極目雲天無限恨，客地漂零。歸夢總匆匆，往事塵封，故人何日再重逢，幾次問天天不答，秋月溶溶。

南歌子

琥珀櫻桃酒，琉璃翡翠杯，南樓雅敍試新醅，三五艮朋相與話芳菲。一樣離人夢，雙飛燕子歸，舊遊回首已成非，多少英雄今已沒人知。

秋蕊香(夜總會)

百尺高樓愛溜，舞與酣如中酒，華燈灼灼脂香透，眞個人間錦繡。新歌曲曲爭相奏，留連久，沉迷多少鴛鴦偶，那管更殘時候。

(原發表於74年12月「文訊」21期)

■張漱菡作品目錄

書名	類別	出版者	出版年月	備註
①意難忘	小說	暢流半月刊社	民國41年	皇冠雜誌社再版民國55年12月
②翠島熱夢	小說	新竹書局	民國42年	已絕版
③綠堡之秘	小說	新竹書局	民國42年	已絕版
④橋影蕭聲	小說	大業書店	民國43年	已絕版
⑤風城畫	散文	大業書店	民國43年	已絕版

⑥海燕集　小說　海洋出版社　民國43年　已絕版
⑦花開時節　小說　新新出版社　民國44年　已絕版
⑧七孔笛　小說　大業書店　民國44年　皇冠雜誌社再版民國55年12月
⑨張漱菡小說選　小說　人文出版社　民國45年
⑩海燕續集　小說　海洋出版社　民國47年
⑪喘息的小巷　小說　亞洲出版社　民國48年
⑫春晨頌　小說　力行書局　民國48年
⑬江山萬里心　小說　大業書店　民國50年　皇冠雜誌社再版民國55年水芙蓉出版社再版
71年
⑭疑雲　小說　正中書局　民國51年
⑮跳躍的陽光　小說　聯合書局　民國52年　已絕版
⑯綠窗小札　小說　立志出版社　民國53年　已絕版
⑰憤怒的鑑湖　小說　幼獅書局　民國54年
⑱翡翠田園　小說　皇冠出版社　民國55年
⑲春山愁　小說　立志出版社　民國57年　已絕版
⑳飛夢天涯　小說　皇冠出版社　民國58年
㉑長虹　小說　臺灣省政府　民國58年　大業書店再版民59年
㉒心魔　小說　皇冠出版社　民國59年

㉓相思山下　小說　高原出版社　民國64年

㉔師恩　小說　世界文物出版社　民國66年

㉕翡翠龍　小說　皇冠出版社　民國66年

㉖漱菡小品　散文　水芙蓉出版社　民國67年

㉗雲橋飛絮　小說　時報文化出版公司　民國69年　百城書店民58年

㉘歸雁　小說　黎明文化事業公司　民國69年　立志出版社民64年

㉙紫色的霧　小說　彩虹出版社　民國69年　大業書店民54年

㉚漱菡小說集　小說　水芙蓉出版社　民國69年

㉛漱菡自選集　小說　黎明文化事業公司　民國69年

㉜碧雲秋夢　小說　彩虹出版社　民國71年　時報出版公司58年

㉝櫻城舊事　小說　黎明文化事業公司　民國72年

■張漱菡作品評論索引

篇名	作者	期刊名	刊期	時間	頁次
①評「翡翠田園」	胡秋原	中華雜誌	5卷5期	56年5月	
②「翡翠田園」讀後感	蘇雪林	中華日報		56年9月15日	
③江山萬里心——一本極其動人的小說	邱華君	青年戰士報		63年5月10日	8版
④張著「江山萬里心」讀後感	劉英柏	憲政論壇	31卷3期	72年9月25日	頁39～40

《作品選》

溪上

我由鬧市遷居到這小小的漁村，已近兩旬了。這裏雖然沒有什麼特別值得一提的美景，但我却十分喜愛這兒的一片寧靜，和都市中享受不到的清新空氣。

我的寓所前後都有很大的空地，後院較前院更大，大約三百多坪的庭院中滿植花木，書室的兩扇大窗，正對着那一片葱蘢。

每天，差不多大半的時間，我都消磨在書房之中；因此，我對新居後院的一草一木最先熟識。搬來的第三天，我便發現後院的牆外，偶然會露出半截船帆，緩緩地駛過，那古老式樣的白色布帆，以閒逸的姿態飄然來去，不由地令人興起無限幽思。

等到我走出後院，才知道屋後竟是一條浩蕩的河流。對岸除了一些樹木和電線桿外，並沒有房舍人家；而在我寓所這邊，也祇有這幾排宿舍和工廠的後面圍牆，那環境幽靜得近乎荒涼和冷寂。經我請教過幾位當地人，才第一次聽到鹽水溪之名，原來這條河在以前原是運輸食鹽的一條重要水道，往來船隻絡繹不絕，曾經是十分繁榮與熱鬧的；後來鹽廠作廢，這條鹽水溪除了少數的漁民，在附近作業而偶然往返之外，已失去經濟價值，因而變得如此寂寞。

但是，這被遺棄的寂寞溪流，却吸引着我；傍晚散步時，總是不自覺地信步走出後門，來到鹽水溪畔，目送那片片漁帆從容來去，心頭便油然而生出無限的安詳之感。那些白色的船帆，彷彿是靜觀世態的高人逸士，以無比睿智的眼光，觀察着塵世中愚蠢的人類，是如何地在不斷製造着自以爲聰明的傻事！

我也曾在拂曉時來到溪邊，初升的旭日，在向東的水面上緩緩湧現，天際一片靜止的紅霞，水中一片波動的紅霞，連接着的兩片柔和的紅，逐漸地轉爲熱烈、火爆！終於，揉合成一團耀眼的金紅色，叫人分不出是天上的霞彩，還是水中的霞彩了。

然而，那橘紅色的太陽，却逐步縮小、變亮，成爲一個金球，高高升起，離開了水面、樹梢，爬上那無涯無際的蒼穹，萬道金光，便照耀了這熟睡的大地，那該是阿波羅身上所散發出來的熱和力吧，是那麼威武、耀目！

這時候，水面便閃動着魚鱗似的片片金屑，偶然一隻小小的白色輕帆順流滑過，眞像是到了童話中的仙境，令人無法不在這莊嚴瑰麗的晨光中產生縹緲的遐想。那有着白帆的小船是幻？還是眞？船上載了些什麼呢？是希望？是幻想？還是滿船猜不透的謎？

有風的日子，溪上變得噪鬧起來，呼嘯而過的風，常會帶來一團又一團的雲朵，將西下的夕陽遮沒了。於是，天、地、水，便在那深灰色的暮靄中變成了一種似實而虛的霧氣，溪水激烈地翻騰着，撞擊着岸邊的石塊，那響聲就像是在痛楚呻吟。岸旁的大樹，也在瘋狂地搖擺、嘶叫。溪上不再見到白帆的漁舟，更消失了那一片靜，代替的却是喧擾與恐怖所凝成的寂寞。

最美的該是月下的溪色了，逢到月圓的時候，那一輪皓魄，在這寧靜無人的溪水上顯影自憐。那柔和的光輝，將整個的溪面鍍上了一層銀。不，應該說，是塗上了一層銀藍色的透明霧。

於是，夜的空氣更爲清新，小立溪邊，裙脚被岸邊的小草輕拂着，好像是被一隻快樂而頑皮的小精靈的手頻頻扯動，令人不自禁地發出愉悅的微笑。

往前望去，一兩隻白帆小船，又魔術似地出現，悠悠地、緩緩地、夢遊似地，穿過那一片銀藍色的透明霧，駛向那看不見的夢之谷去了。溪上又祇剩下了一片靜、一片柔、一縷縷淡淡的水草香。

置身在這明月淸風的靜市裏，我萌生了濃濃的詩意。

矇曨着微倦的雙眸，我四下尋覓、仔細思索，準備用心靈的筆，爲這銀夜中的睡溪，寫一首美麗的小詩。

但是，當我環顧左右，再回顧自己，不禁啞然失笑了，何必寫詩呢？我本身不正融匯在一首最美妙的詩中嗎？

選自「漱菡小品」(台北，水芙蓉，一九七八)

聯珠綴玉

林文月

●**林文月**，民國二十二年生，彰化縣人。台灣大學中文研究所碩士，曾任台灣大學中文系講師、副教授，著有散文「遙遠」、「交談」、「午後書房」，評論「謝靈運及其詩」、「山水與古典」，譯註「源氏物語㈠~㈤」、「源氏物語修訂版(上、下)」，以及少年讀物、遊記、翻譯等多種。曾獲第五屆中興文藝獎(散文類)。民國七十五年獲時報散文推薦獎、吳魯芹散文獎。現任台灣大學中文系教授。

三種文筆

●彩筆與文筆

這一生，選擇了握筆的生活，大概是沒有錯的；不過，最初也並非沒有猶豫過。從小就喜愛文學與繪畫，又由於個性比較內向，所以覺得一個人躲在房內，不論看書寫文章或信筆塗鴉，都最自在而且充實。

但說實在的，在寫作與繪畫之間，初時多少是比較偏好繪畫，尤其是人物畫。我沒有正式拜師習畫過，只是跟一般人同樣，在成長的過程中，很自然的在學校的美術課堂上學過一些基本的繪畫道理而已。或許是幼年時期多得到一些師長的鼓勵與讚賞，令我增加興趣與信心吧！繪畫常常眞使我廢寢忘食，興味無窮。

我高中時期特別愛看電影，也迷上用鉛筆畫電影明星的像片。班上的同學也多屬影迷，她們見我畫出一張張男女明星的畫像，紛紛都向我索畫。後來預定的人太多，應接不暇，便只好利用代數課時間，將「范氏大代數」的原册豎起，裝作用心聽課狀，實則私下急急趕畫許多的人像畫。

高三時，學校新聘一位從杭州藝專畢業的美術老師。楊老師既幽默又認眞，可惜在升學的壓力之下，高三學生的音樂與美術課都停止了，幸而尚有課外活動，我乃參加美術組，得以向楊老師請益。隨著考期愈近，原先參加的同學逐漸退出，最後竟然只剩下我一人。我堅持每週兩次的習畫，總是從放學後畫到昏暗，楊老師並不因習畫人驟減而稍有懈怠。相反的，他變成了我個人的指導老師，而且總是站在我身後指導到辨不清輪廓色彩爲止。美術教室中只有一座維納斯的石膏像，我勤習再三，除了背面以外，幾乎什麼角度都畫過。

楊老師不僅改正我的錯誤，講解肌肉結構，光影明暗的把握等道理給我聽，又經常把他自己珍藏的畫册，甚至他自己的作品搬來給我作參考。多年的自我摸索，方始豁然開竅。那一年參加課外活動，實在獲益匪淺。後來我能以素描最高成績考取師大(當時稱師範學院)美術系，楊老師的啓發與指導，應是最大原因，至今令我銘感於心。但是，我把錄取的好消息向他報告時，楊老師却勸我選擇進入台大中文系讀書。他說：「你可以把繪畫當作業餘嗜好，那樣子會更快樂。」他的神情有些落寞。年輕的我，不甚了解楊老師話中深刻的一層，但是終究依從了他的勸告。當時尚未實施大專聯考，考生爲了多一些保障，往往報考兩三所大學。我報考了臺大中文系與師大美術系，僥倖都被錄取，正在猶豫取捨，楊老師的一句話，遂令我有了抉擇。

命運有時就是這般不可思議。既選擇讀中文系，便註定我這一生要拿起文筆放下彩筆。雖然，我後來也曾臨摹過一些工筆仕女畫，但時間與精力都不容許我在繪畫方面求專精的進步。至今，偶爾也會畫一些速寫小品一類，但究竟只能當做忙中偷閒的消遣罷了。有時看別人的畫展，不免有些許遺憾，也有些妬羨，却又無可如何！

●論文：冷筆與熱筆

在臺大中文系讀書七年，主要的學習方向是古典文學經籍。由於學術訓練的嚴格要求，大學時代，我的主要寫作方向是論文。抒情寫志的創作只能偶一爲之，反而較以往寫得少。其實，也曾經在報章雜誌發表過一些作品，但當時豈敢存敝帚自珍之心，年少時之作，便也隨時光流失而散佚不存留了。

透過求學期間許多篇讀書報告，以及學士論文、碩士論文，我習得如何找題目、析理、分類、歸納，和得出結論。並且也懂得在理論上，學術論文的寫作當有別於創作，宜力求冷靜客觀，表達的方式也須求其簡明有條理。不過，於今回顧往日年少時期的論文，終嫌不免於青春熱情中的洋溢，文字也頗有華麗之處。

我讀中文研究所的時候，已故的外文系教授夏濟安先生主編的「文學雜誌」正値創辦期，每個月需要創作與論文。在創作方面，夏先生鼓勵許多外文系的學生投稿，他們日後在文壇上的成就，均是有目共睹。至於論文稿件的來源，除了中文系與外文系的師長經常提供著作之外，有時也會採用研究所學生的文章。我也曾經試投過一些文學賞析的短文，都能獲得刋登。這對我個人而言，不啻是一大鼓勵，因爲當時的出版界遠非今日可比，而「文學雜誌」雖出版不久，却是十分受學界矚目的一份嚴肅可敬的刋物，年輕人的文章能夠得到發表的機會，是一種榮幸。

我又將學士論文「曹氏父子及其詩」，以及碩士論文「謝靈運及其詩」的部分文字重新改寫爲獨立單篇，先後在「文學雜誌」上發表。由於這些研究對象在當時是比較不受人重視的，這方面的論文也較少見，所以日後便有人把我的文章轉載於某些書刋上，也曾有人將我的意見納入論文之中。見自己的名字與意見同古人前輩並列，眞是一則以喜一則以憂。愚者千慮或有一得，自己年輕時候的見解能獲得他人肯定，自然是欣慰的；不過，時隔多年，如今若能重新再寫同一個題目，可以補充的資料必定更豐富，可以剖析的論點也必定更精當，文字既爲他人所採納，已無法補救了！

教書多年，我不僅仍繼續學術論文之寫作，也必須要負起指導研究生寫論文的責任來。每看到一張年輕的面孔在認眞思考，彷彿就在他們的臉上照見自己昔日的影像。我經常規勸我們：儘量冷靜和收斂，約束自己的熱情與文采。我怕他們在將來更成熟的時候，會遺憾沒有人警告他們寫作論文的正途。然而，我又有時懷疑，在研究一個作者的時候，或剖析一本著述的時候，如果只保持近乎冷峻的客觀平靜心態，又如何能感動於昔人的感動呢？往昔我寫曹操論之時，曾設身處境投入了漢末那個亂世的英雄人物生命之中，所以我看到世人詬詈爲一世奸雄的心底的無奈：「月明星稀，烏鵲南飛，繞樹三匝，何枝可依？」、「鎧甲生蟣虱，萬姓以死亡。白骨於野，千里無雞鳴。生民有遺一，念之斷人腸！」、「老驥伏櫪，志在千里。烈士暮年，壯心不已！」。而狂放傲睨一世的謝康樂，在屢仕屢隱似無常守的多事生命底層，何以復有「美人竟不來，陽阿徒晞髮」、「倘有同枝條，此日即千年」的深沉孤獨感彌漫於全集中呢！讀古人之書，若永遠保持一雙冷淡有距離的眼睛，恐怕不易產生共鳴而眞正領會箇中況味的吧。

然則，冷靜須與同情相輔相成，方不偏失入冷漠。「史記」一書之恆常感人處，正在於字裏行間每每有司馬遷個人的生命感思湧動，它絕不只是一堆死寂刻板的文字而已！近來，我則又逐漸了悟，即使寫學術論文，仍然不能完全抹煞情感；至於冷靜與同情之間的斂放不逾矩，又委實是此類文章的高層次標的了。不久前，我完成一篇有感於讀「洛陽伽藍記」的筆調：分析北魏楊衒之於亡國後，化悲憤爲著書之力，雖欲極力求客觀詳實，又每不免於熱情澎湃，冷熱筆調交織而成此一奇書瓌寶。我乃定題爲：「洛陽伽藍記的冷筆與熱筆」。其實，冷筆與熱筆的運用自如，也應當是寫作論文的更合情合理的正途吧。

●散文：肅嚴的抒情寫景

我重拾創作之筆，是在十數年前接受國科會資助單身赴日進修一年的時候。在京都大學人文科學研究所任「研修員」，平時除了偶爾參加任內的「白居易共同研究會」外，我自己則計劃寫「唐代文化對日本平安文壇的影響」。異鄉獨處的日子既漫長又寂寞，但京都是日本傳統文化所在的故鄉，風景人事都深深吸引了我，便將周末假日圖書館關閉的日子，做爲四處遊覽之用。當時，林海音女士編「純文學月刊」，我早先曾刋登過幾篇論文，到了京都之後，却每月寫一篇與京都相關的遊記小品。初時，是因爲排遣閒暇而寫作。到後來，却反變成爲寫作而四出尋找題材。爲著每月一篇數千字的散文，我的客居生活不唯不再寂寞難耐，竟變得異常忙碌，也異常充實起來。

當時，國人出外旅遊的風氣尚未大開，即或偶見一些外國風物描寫之文章，也多屬浮光掠影式的觀光作品。我既有機會在京都住一年，又認識當地學者與尋常鄰居，遂有計劃地每篇選一個主題，做比較深入的介紹與批評。如此一來，我在這個每月一篇的副產品上，也就不得不花費許多的時間與精力了，我記京都近郊的勝地，往往要參考一些相關的歷史文學書籍，寫古刹名庭，也曾到日文部的圖書去翻閱建築造庭等的記錄，甚至只爲寫一篇古書舖、或喫食店的隨筆，也蒐集過不少資料，又挨家挨店去實地觀察試嗜，作筆記摘要；所幸，我那一年結交了一些日本好友，他們提供我的見解及代爲釋疑，更有莫大的助益。

我本來懷著膽怯悲壯的心情赴日，目的只是想完成一篇中日比較文學的論文，却沒想到由於這個附帶的寫作，而使我認眞觀察書本以外的眞實世界，也促進了我與異國朋友的深厚友情，這眞是始料未及的收獲！我所寫的內容包括：奈良「正倉院展覽會」，我自己出席演講過的「東方學會」，唐代僧侶鑒眞所建造的「唐招提寺」等比較嚴肅的題材，也有都舞、歌舞伎、祇園祭以及日本茶道等比較輕鬆的風俗節祭。大體而言，我寫作的態度是嚴肅而負責的，所以於抒情寫景的文後，往往附加不少的注解。這些文章，後由純文學出版社輯成「京都一年」。說實在的，我個人覺得在這本遊記所用的心思，絕不下於正業「唐代文化對日本平安文壇的影響」。爲寫遊記，我遊歷過的京都近郊名勝古蹟較普通京都居民爲多，我對古剎名庭的某些典故來源的認識，有時也超過一般日本人的常識；至於爲寫京都的古書舖，我曾遍訪重要書舖，又一一考察其特色，甚至研究個別間的經營情況，遂令關西地方的學者大感訝異。當年在京大人文科學研究所的名義指導教授平岡武夫先生，曾戲稱我應當得到京都市的榮譽市民頭銜。

從幼年時期便喜愛寫文章自娛，沒想到第一本散文遊記「京都一年」的出版，反而是在論文集「澄輝集」、「謝靈運及其詩」之後。不過，於今回看十餘年前的文章，覺得儘管當時採取相當認眞的態度記敍，却未免絮絮叨叨缺乏剪裁，致有時頗嫌繁瑣；或許是初履異鄉，對一切都覺得新鮮好奇，唯恐讀者不能分享自己的興奮，故而一五一十不厭其詳傾訴的吧。

我早年也曾寫過一些短篇小說，但都以筆名發表，自己又沒有保存下來，所以早已散佚不留。教書以後，大部分的時間用在準備教材、研究工作與指導學生方面，餘下可供自由運用的時間已不多，而寫小說所需花費的時間與精力甚夥，便也逐漸將創作的範圍囿限於可長可短、費時較少的散文範內。這些年來，雖然寫作的量不多，却也不曾間斷過。

●教研生活中心境的轉換

人過中年，閱歷漸廣，世態人情之能感覺特別新鮮好奇者，彷彿已相對減少，但我仍然未能摒除內向的本性，自覺始終無法臻於與年齡相稱的世故圓潤境界。只是，對於文章的看法，已稍有異於往時，無論執筆爲文，或讀別人的作品，不再滿足於華麗誇飾，而逐漸喜愛淡雅、甚至饒富澀味者。所謂「瘠義肥辭、繁雜失統」，總不如結言端直爲佳。文章便也越寫越短，往日動輒七、八千字的長文，已絕無僅有；另一方面也逐漸明白，這世界人生、驚天動地之大事並不多，生活周遭日日之凡事，也頗値得深思珍惜。平凡事物,若能寫出眞性情或普遍之理趣,未始不可喜。這些道理,古人雖已有過明示,但文章之道則又與人生之道近似,往往要自己一步一步走過,方能實際體悟。

我的正業是教書,所以學術研究乃是生活重心,但寫論文十分費心傷神,雖然偶爾有一得之見,也是極其愉快之事。但長期埋首於許多書籍、資料、索引、卡片,復又將其中之發見整理出一個條理來,這其中的過程旣漫長而又緊張。所以完成一篇論文以後,往往急欲轉換心境,其中一途,便是寫抒發感思的散文。不過,生活中時常有不吐不快亟待宣洩的心情,偏又正値長篇論文在進行,便只得將正業暫時推向一邊,騰出桌面些許空間,或者索性在寫論文的稿紙上疊放新的稿紙,把那稍縱即逝的靈感納入方格之內,才能安心。

我另有一種轉換心境的方法,那便是翻譯。倘若一篇論文剛完成,又無甚創作意念,或者自覺近來所寫的作品重覆太多,令人生厭,不如去找別人的文章來閱讀,研究他人如何構思經營。我讀文章的速度極緩慢,常常是一邊讀一邊揣摩作者運筆佈局的道理。其實,最好的細讀方法,便是去翻譯文章。由於我小學的早期接受日文教育,所以從事日文書籍之翻譯,最稱方便。

●翻譯:千年相隔,文章神交

讀大學的時候開始,我就翻譯或改寫過好幾本日文書籍。其中,成系統的有東方出版社的少年讀物及名人傳記,現在仍在坊間出售。後來也斷續譯過一些短篇小說、隨筆、詩歌及論文等日文作品。不過,在一般人心目中,我所翻譯的「源氏物語」可能是最具代表性的工作吧。雖然這本書的完譯已是八年前之事,至今我常被問起:當初是如何開始這個工作的?故而不妨在此也做個簡單的解釋。

我從京都回來後二年,日本筆會舉行了一次規模龐大的「日本文化國際研究會議」。我應邀參加,提出一篇以日文書成的論文「桐壺と長恨歌」。返國後，將此文譯回爲中文「源氏物語桐壺與長恨歌」，在「中外文學」第一期第十一卷（民國六十二年四月）發表。同時因爲實際需要，乃試譯「源氏物語」的第一帖「桐壺」，附於論文之後刋出。詎料，讀者們對那篇譯文十分感覺興味，透過編輯部，要求我繼續譯下去。這雖然是一件十分艱難的工作，但是也頗具挑戰性，且極有意義，我便逐帖譯出，每月在「中外文學」連載刋登。從六十二年四月號，到六十七年十二月號，經過五年半，共刋六十六期，終於竣工。

老實說，初執譯筆時，我並沒有信心可以堅持到底。我深知自己的啓蒙教育雖爲日文，但只學到小學五年級便輟止，而改學中文，所以日本文學的修養並不紮實；何況，「源氏物語」是衆所公認的古典鉅著，困難重重是可以預料的。不過，我又想：林琴南既然以一個不認識西文的背景而翻譯多種西洋文學名著，我又何必退避不敢前？即使譯得不好，總能盡到抛磚引玉的功用。日本與我國隔海比鄰，中世紀以來，受我國文化之影響極深刻，日人對我國文學經典，早已完成有系統的譯介，而我們對日本文學所做的介紹工作却極少。近年來雖也有人陸續翻譯日本的近代作品，却未曾見到古典文學的翻譯。何況「源氏物語」乃日本古典文學作品之瓌寶，其於後代文學，影響不可謂不大，西方文壇如英、德、法已有翻譯，我國人士反而對其冷漠，殊爲不當。

一旦開始譯事，我便全神投入其中。從臺大總圖書館的底層借到吉譯義則的古文注釋本，復配合我自己所有的三套日本現代語譯本，及兩種英譯本，並且又從日本訂購相關的許多參考書。翻譯的時候，書桌上總是攤滿各種版本，每一段文字，都要看六種書，然後才斟酌如何迻譯爲中文。我的翻譯工作進行得很緩慢，只能利用教書及家務之餘斷續爲之，所幸，每月刋登一萬字上下，壓力還不算太大。而且，由於此書中引用大量唐代以前的中國詩文典故，是我比較熟悉的範圍，還原起來，便也相當順利，至於書中處處出現的地名與節會行事，則又是我在京都一年滯留期間遊覽過、體驗過的，所以倍感親切。我在京都那一年中，甚至也曾訪問過相傳爲「源氏物語」作者紫式部曾執筆寫作之處「石山寺」，當時雖然尚無翻譯此書的計劃，但冥冥之中似有某種不可思議的因緣存在。隨著翻譯工作的進展，我愈來愈覺得自己參入了紫式部的世界。有時夜深人靜，獨對孤燈，若有紫式部來相伴，雖千年相隔，但文章神交，我並不寂寞。

自首帖「桐壺」之刋登，至全書譯竟出版，前後共歷六載。我從初時的惶懼，漸漸轉入欣然自得的境界。而且，這份額外的工作並沒有妨礙我的日常生活，在寫作方面，也並未因而懈怠其他兩種寫作。這六年之間，我仍然寫過若干篇論文，以及兩本文人的傳記——「謝靈運傳」(河洛出版社)及「連雅堂傳」(近代中國出版社)。如今回想起來，那一段時間是異常忙碌的，也是格外充實的。

翻譯「源氏物語」也帶給我一些啼笑皆非的後遺症，近來無論在國內外，我的名字經常被人與此書相聯在一起，大家反而不知道我是一個研究中國古典文學的人。去年秋天我獲得一個機會，去英、美、日三地區各大學訪問三個月，有一些西方的日本學專家與我談論之餘，多不免問我何以會譯成「源氏物語」？我每次都得把個人的特殊生長環境及教育背景一再重覆。我看到人們臉上的表情，往往是懷疑多於誇許。有一次，在一個比較輕鬆的場合遇著同樣的問題，我便索性開玩笑似的回答一位日本文學教授：「翻譯它，是我的嗜好之一。」

然而，說起來眞是難以置信，被人一再盤問質疑之後，連我自己的信心也難免搖動起來。事隔八年，這其間，我也曾譯過幾篇小說，却沒有打算再去嚐試大部頭的的譯事，可是繞過地球一周回來以後，我對自己許下一個諾言：讓我再認眞的翻譯一個較困難的作品吧，如果我能把這個工作做好，那麼別人應當不會再用懷疑的眼光看我，而最重要的是，我自己也將更具信心了。

此次，我所選的是平安時代另一位女作家清少納言的隨筆「枕草子」。「枕草子」與「源氏物語」並稱爲日本平安文壇之雙璧，而二書之作者清少納言與紫式部，亦備受後代文學批評界之重視。但清少納言的文筆，則又稍帶簡勁陽剛之氣，又由於全書並無一貫之故事情節，故翻譯之際，更須切實掌握其語言氣氛。目前「枕草子」已有兩種英文譯本，但都有部分刪節，蓋以其不易爲譯文讀者了解欣賞之故。我決心做一個全譯的工作。目前譯事已開始，並且已遭遇到不少困難，前途艱鉅可以預料。人生困難事本不少，這只是其中一端而已。我希望自己這次也能堅持到底，盡力做好這份工作。

論文、創作與翻譯，三種不同的文筆，已伴我度過許多歲月，帶給我個人莫大的快樂。今後，我仍將携帶這三支筆，繼續我充實而平凡的生活。

（原發表於75年4月「文訊」24期）

■林文月作品目錄

書名	類別	出版者	出版年月
①聖女貞德	少年讀物	東方出版社	民國49年
②居禮夫人	少年讀物	東方出版社	民國50年
③南丁格爾	少年讀物	東方出版社	民國50年
④茶花	少年讀物	東方出版社	民國51年
⑤小婦人	少年讀物	東方出版社	民國52年
⑥謝靈運及其詩	論著	臺大文學院	民國55年
⑦基度山恩仇記	少年讀物	東方出版社	民國55年

⑧南朝宮體詩研究	論著	臺大文學院	民國55年
⑨澄輝集	論文集	文星書店	民國56年
⑩京都一年	遊記	純文學出版社	民國60年
⑪唐代文化對日本平安文壇的影響	論著	臺大文學院	民國61年
⑫山水與古典	論文集	純文學出版社	民國65年
⑬謝靈運	傳記	河洛圖書出版社	民國66年
⑭青山青史(連雅堂傳)	傳記	中央黨史會	民國66年
⑮源氏物語	譯註	中外文學	民國67年
⑯讀中文系的人	散文、評論	洪範書店	民國67年
⑰遙遠	散文集	洪範書店	民國70年
⑱源氏物語修訂版(上、下)	譯註	中外文學	民國71年
⑲破天而降的文明人	翻譯	九歌出版社	民國73年
⑳午後書房	散文集	洪範書店	民國75年
㉑交談	散文	九歌出版社	民國77年

■林文月作品評論索引

篇名	作者	期刊名	刊期時間	頁次
①談·連雅堂與王香禪(山水與古典)	季欣	中央日報	66年9月21日	副刊
②製造一支棉花糖——曾野綾子、	丘彥明紀錄	聯合報	67年9月11日	副刊

林文月對談錄

③心靈的契合——談林文月的散文集「遙遠」	琦君	台灣新生報		70年4月13日～14日	12版
		遙遠		70年4月	
④推薦林文月的「遙遠」	盤石	中華日報		70年7月16日	文教與教育版
⑤淡中藏美麗——讀林文月「午後書房」	陳昌明	文訊月刊	23期	75年4月	頁179～182
⑥經營的散文——評介「午後書房」	安立	自立晚報		75年5月5日	12版
⑦眞幻之際．物我之間——林文月散文中的生命觀照及胞與情懷(上、下)	何寄澎	國文天地	25、26期	76年6月～7月	
⑧羞澀的對話——評林文月「交談」	鄭明娳	聯合文學	44期	77年6月	頁197～198
⑨六朝如夢(評山水與古典)	彭歌	聯合報			三三草專欄
⑩古典小說的析論——簡介林文月、樂蘅軍的作品	胡有瑞	中央日報			

《作品選》偷得浮生二日閒

從莒光號的冷氣車廂出來，斗六車站的一股悶熱之氣立刻沖散了身上的涼意。我們三人在車站附近的一家小館子匆匆午餐後，就雇了一輛計程車直奔竹山。雖然咪咪離開我們才只兩天，而且和她在一起的是我家工作了十年的忠實可靠的阿婆，但對於第一次離家的小女兒，外子和我都十分惦念着。昨晚收到了我預先爲她寫好地址的限時信，她用原子筆斜斜地寫着：「爸，媽：您們都好嗎？我已ㄐㄧㄥ平安到阿婆家了。我好想念你們，請快來ㄐㄧㄝ我。女兒思敏上」對於一個不到八歲的孩子，讓她和一個不識字的老太婆出遠門，我們原都有些不安，但是拗不過倔强的她，而阿婆又說既然蔚兒三年前也去過一次，爲甚麼這次不放咪咪跟她返鄉呢？於是，我們決定讓她倆先走兩天，隨後利用週末和星期日兩天，我們三個人去接咪咪回家，也趁此機會去探望阿婆的家——這些年來每次返鄉她都邀請我們去的。

阿婆給了我們一個她的長孫寫的信封，上面有她家的地址。臨走前夜又嘮嘮叨叨說了一大堆方向目標。最後她仍不放心，所以說我們預定到達的下午，她會坐在門口盼望。但是由於她說的地址是十多年前的老稱呼——「濁水坑」，年輕的司機竟把我們載向完全相反的方向；「濁水」與過去的「濁水坑」僅一字之差，卻一個在北一個在南；一個在平野上一個在山區，爲此我們浪費了半小時往返的時間。那個老實的司機一路上抱歉個不停。我們雖然稍微躭誤了會見咪咪的時間，但也多看了一些青山綠田，何況這也不能全怪司機，所以對於他的抱歉連連反而感到有些不安了。

車開入瑞竹里——十餘年前的「濁水坑」——以後，我們三個人都睜大了眼睛找目標。我囑咐蔚兒尤其要注意，但是他說這地方跟三年前不同了，從前是泥路，如今卻鋪了柏油，那一排磚房的騎樓柱子也都刷成一律的淡紫色，所以不認得了。叫一個十歲的男孩子憑記憶去找三年前來過的地方，委實也有些困難。最後是我視力强，在車子緩緩經過那一列磚房時，瞥見了坐在許多人中間的熟悉臉孔。阿婆穿着她這次爲返鄉而新製的淺藍色上裝。她見我們下車，高興得咧開嘴笑，一面從屋子裏把咪咪喚出來。我的小女兒儘管信上「滿紙相思」，卻似乎在這兒玩得極開心，在我擁抱她時，他手裏緊握着一條小魚，頭也轉向她新認識的玩伴呢！

阿婆說她從早上一直等到現在，注意看着每一輛經過的車子，怎麼我們的車子走過了頭，她反倒沒看清楚呢？我問她：「你說的甚麼洗衣店、電力公司在哪兒？」她和門口圍攏來的男男女女齊口同聲說：「喏！右邊這兒不是洗衣店？左邊這兒不是電力公司嗎？」天哪！那家洗衣店根本看不到橱窗和招牌，只是有三四根竹竿的衣服高掛在騎樓裏。而電力公司呢，也只是在騎樓邊上掛一個小牌子，卻被鄰居高堆的竹竿子擋住，屋子裏擺着三張辦公桌，幾個穿灰色制服的人在那兒閒談天。外觀上洗衣店、電力公司、雜貨店和阿婆家都沒有分別，同在那排一式的新刷過淡紫色柱子的騎樓裏，難怪車子駛過時甚麼也沒看見。我這時才恍然大悟，這就是阿婆那天所以堅持要坐在騎樓裏等我們的原因。而事實上，這次若不是我眼快，恐怕要費很多時間才找到她家呢！

我們在騎樓下寒暄時，不覺地，周圍已聚集了二三十個人，每個人被太陽曬黑的臉上，都有親切的笑容。孩子們滿臉汚垢，光着脚，傻望着我們。我們雖然不認識他們，他們卻似乎早已從阿婆口中聽到很多我們的事情。「你們可來了！」這是每個人對我們講的話。我們一時間不知說甚麼好，所以也只有回報以微笑。

我們原先已在竹山鎮訂好了旅館，但是阿婆和她的兒媳說甚麼也不答應，他們說：「不是好地方，可是既然來了，就住這兒吧！」卻之不恭，所以我們就把行李袋交給了他們。阿婆的家是鄉間最常見的磚房，前門敞開，正面供着神主牌，這兒是客廳，也是拜拜和接待上賓時的飯廳，平時則是鄰居小孩出入圍觀那架分期付款電視機的地方。房子是長形的，客廳之後是不及三蓆大而陰暗的房間，靠邊有梯子上樓。樓梯下是一個槽，堆着穀糠。剩下一小方空間，就只能放一張小方桌和三條板凳，是家人平時吃飯的地方，飯桌上放置着一架充電機。阿婆這些年來在我家工作，把所有的錢都帶回家裏，所以家境已逐漸改善。她的兒子去年花了兩千元買了這機器，代鎮上捕魚人充電，每次取費五元；而有了它，自己家裏日常飯桌上除了屋前種的蔬菜，山間拔來的筍子以外，也可以吃到溪裏的新鮮魚蝦了。最後一間是較大的廚房，有一隅磚砌的老式爐竈。廚房之外是一塊露天的水泥地，洗臉、洗澡和晾衣都在這兒。再過去便是老式的厠所和養豬的地方了。後院子與鄰居之間，只插着一排矮竹籬，所以彼此之間一覽無餘。如果做飯菜時臨時短缺了葱薑甚麼的，可以不必走前門，隔着籬笆喚一聲，鄰居就可以遞過來救急的。我們跟着阿婆到樓上去把行李安頓好。樓上分兩部分，全都是低低的閣樓，爲了接待我們，他們把前頭那一間較好的房間讓給了我們一家四口，阿婆帶着兩個孫女搬到後面那間只蓋着竹棚屋頂的房間，屋主夫婦和其他兩個孫子則決定晚上暫借鄰居寡婦的空屋子。

鄉間的晚飯，在下午五點多便開上來了，我們略在那只有一條街的鎮上走動一下，便被請回去吃飯。供神主牌下面那張方桌子擡到廳的中央來，又從隔壁借了一條長板凳，一桌就可以坐上八九個人了。本來鄉下人請客，婦女和孩童是不上桌的，而今天我們四個人是主客，所以全都坐了下來。阿婆度假回家，也受着上賓的待遇，另外又請了兩個鄰居長輩來陪我們。滿桌鷄鴨魚蝦，都是阿婆的媳婦和歸寧的女兒忙了一個上午做出來的。烹飪的方式無非是水煮的和油炸的，大塊大塊的都堆在盤子裏、碗裏頭。阿婆今天是以主人身分招待我們，所以她明知道兩個孩子不愛吃肉，也各給他們前面的碗裏夾滿了切得厚厚的肉。咪咪和蔚兒不知如何下箸，兩個人都用求救的眼神望着我，最後還是改請添兩碗炒米粉，他們才吃飽了先下去。男人們用指甲裏鑲着泥土的手抓着玻璃杯敬外子喝啤酒。阿婆的媳婦每端出一個菜，便叫我多吃點兒。天還亮着，不是拜拜的日子而請客，所以門口引來了一些鄰居兒童，幾條狗在桌子板凳下穿來穿去撿地上的肉骨頭啃。我們吃着、喝着，談着被歐利芙颱風吹倒的香蕉和當地的特產——掘不完的竹筍，一頓飯竟也吃了約摸一個半小時。吃剩的菜要端到裏屋去給婦女和孩童們吃。我看阿婆的媳婦和女兒太辛苦，想幫着收拾桌面，卻被阿婆推開。她說：「難得到我們這兒來做一次客人，又何必這樣忙呢？今天連我都光吃不做事的呀！」

飯後已是薄暮時分，由於午後下了一場陣雨，這山邊的小鎮頗有幾分涼意。我們在屋簷下的籐椅上坐了一會兒，又在街上蹓躂一下，以助消化。這時候，每家人家都亮起了燈，因爲大家都敞開着大門，所以清楚地看得見家家戶戶的活動。大部分的人都圍着桌子在吃飯，孩子們則多半端着碗到處串門亂跑。這一條街上有四架電視機，一家飼料鋪子的彩色電視機高置在屋角的桌上，最吸引附近的觀衆，大人小孩搬來自己家裏的板凳圍在前面看，也有不少人倚着柱子佇立而觀，儼然是小型電影院。而屋主人臉上絲毫沒有愠色，也跟着大家一起被節目逗得哈哈笑着。外子和我異口同聲地說：「這眞是大同世界！」這鎮上沒有富人，也沒有太窮的人，大門整天開放着，生活也幾乎是公開而沒有甚麼隱秘的，所以不可能有甚麼小偷。譬如說你家今天丟了一輛脚踏車，而他家明天平白多出了一輛脚踏車，全鎮上的人都會覺得可疑而來評理主持公道了。這使我想起阿婆來臺北的頭一年，由於不懂得用號碼鎖，我外出時，她常常用一根粗鐵絲將門把略盤就出去和人談天，每次我責怪，她總是說：「哪兒來那麼多的小偷啊！」現在我明白了，幾十年生活在這種樸厚的環境裏，她當然不能想像大都市的醜陋和罪惡啊！

我們呼吸着晚間清涼的空氣，在鎮上繞了一圈，走回到飼料鋪前時，那位年輕老闆笑嘻嘻地對外子說：「洗澡水放滿了，就請過來洗個澡吧！」我們正不解地互視着，阿婆走過來解釋：「他家的洗澡設備是全鎮上最好的，你們就過去洗個澡吧。」果然，那浴室的空間雖小，卻有瓦斯爐裝置，而浴缸也是彩色瓷磚砌成的。當我一脚放進滿缸的溫水中時，不免想起剛才老闆那微帶失望的臉色，因爲他滿心要招待外子先享受一次舒服的沐浴，卻料不到慣於最後洗澡的外子竟讓我先來洗。這在重男輕女傳統的小地方該是一件不尋常的事情吧！

由於旅途勞頓，加上跟着大家早早入睡，次晨我們都較在臺北時醒得早。可是阿婆的兒子和長孫已先吃了早飯到田裏工作去了。她的女兒和大孫女則抱了一堆衣服到溪邊去洗，留下阿婆和她媳婦在廚房裏忙着招呼我們吃早飯。日出而作，日入而息，勤勞的民風，使我們既感佩又赧顏。

我們預定中飯後到臺中搭乘火車回臺北。上午有一大片空白的時間。小鎮上可走動的地方，昨日都已訪過。何況家家戶戶每個人都忙於生計，連咪咪和她哥哥在放下碗筷後，就呼朋喚友地到深僅及膝的小溪裏撈魚蝦去了。無所事事的我們，突然變成了鎮上多餘的兩個人。阿婆知道我們無聊，提議要帶我們去看步行約需半小時的「山坪頂」。這是一個散步兼賞風景的好主意，我們便各戴一頂斗笠出發。

走過石橋時，她指着橋下水落石出到處亂草的河床說：「這就是當年八七水災洪流暴發的地方。」「那邊樹木叢生的地方，原是我們的家園。」「唉，若不是大水冲走了田地和房子，我們也過着好日子的！」她時常對我說，如不是八七水災殃及田產，做夢也想不到會一大把年紀出來替人家幫傭的。如今，我親眼看到面目全非的荒地，也替她十分惋惜。不過，十年來，我們需要她，而她也寵待兩個孩子如同自己的孫子，誰都不曾想到分離，她已變成我們家庭的一員；而每年回鄉下兩次，阿婆心裏已儼然有兩個生活的圈子了。

過了石橋往右拐，漸漸走入山坡路。南部八月的太陽雖烈，但是山腰裏一片竹林成蔭，間亦有微風梳過竹枝送來清涼，所以並不覺得太熱。「竹山」眞是名不虛傳，遠近到處是竹子。路邊常看到有一堆剛掘出土的竹筍，那是深入竹林裏覓筍的人暫時放置的，他們要掘到滿滿兩筐才擔下山去賣。這裏出產麻筍、綠竹筍、桂竹筍和冬筍。所以一年四季沒有吃不到筍的時候，再窮的人家都可以吃新鮮的竹筍過日子。當地人吃慣味甜肉嫩的新鮮筍，再吃都市裏隔夜的筍，常有嚼蠟的感覺呢！

「山坪頂」是一個有三百戶住家的另一個小鎮，由於位在山腰間，所以柏油路都是狹窄而蜿蜒的。走過那兩旁有矮磚牆的山坡路上，可以清楚地看到每家人家的生活情形。這兒多數房子仍保留古老的四合院式建築，瓦頂土牆和堅實的曬穀場，更富於濃厚的鄉村氣息。有人在曬穀場上曬着穀子；有人在屋簷下用熟練的手法將竹枝捆紮成掃帚；三五個女孩子促膝談笑，手中卻不停地剝着花生。看來除了光着脚衣裳不整地嬉戲在陽光下的村童，這兒也沒有一個偷懶的人。家家戶戶都養豬，一路上聽見豬叫伴着蟬鳴，那特殊的臭氣也陣陣撲鼻。鷄糞處處，穿着皮鞋的我們要注意躲開，赤足的當地人反而全然無視地踩過去。火鷄都高棲在屋頂上，「咯嘍嘍」的叫聲此起彼落，使我想起了陶淵明的兩句詩：「鷄鳴桑樹顚，狗吠深巷裏。」我所不解的是：火鷄的模樣兒都相同，大小也沒有甚麼分別，怎麼大家不會弄錯而起糾紛呢？阿婆給我的答覆頗簡明：「自己養的，當然認得啦。」

一路上阿婆見到許多熟面孔，每個人都跟她打招呼，有的是在擦身而過時，有的是從屋子裏探出頭，有的是隔着牆。突然間，她看來像個大人物似的，大家都笑嘻嘻地叫她：「阿順嬸你來了！」而阿婆卻說她已近十年沒有來過「山坪頂」了呢。只是，我注意到鄉下人表達感情的方式也極樸素。「阿順嬸你來了。好久都不見你來喲。」「是啊，你上哪兒去？」「就到前面鋪子裏去買一瓶醬油。來我家坐坐嘛。」「我還要到前面走走呢。」十年不見的朋友一旦見面，就只說這幾句話。各人有各人的事情待做，關心和喜悅都只能從彼此誠意的笑容中看出，卻沒有一點虛僞的寒喧或誇張的熱絡，這使我深受感動。

「山坪頂」比阿婆住的小鎮「濁水坑」雖然多出一百戶住家，但是不到二十分鐘光景也就走遍了全鎮。這時已近正午，陽光强烈，我們不想再步行回去，就在一家雜貨店的板凳上坐下來等公車。兩個光着背只着藍布襯袴的中年男人坐在我們對面，翹着脚，一個吸紙烟，一個嚼檳榔。我悄悄地對外子說：「這兩個人倒是挺優閒的。」他說：「你仔細聽聽他們談些甚麼。」這才曉得他們倆看來優閒，卻正在那兒談今年麻筍的底價，可能正進行着一筆大買賣呢。看那滿身結實的肌肉，滿臉辛勞的皺紋，周圍一地的檳榔渣子，你怎麼猜得出他們會擁有一大片竹林子呢？

不久，那兩個人似乎已談妥了買賣，抽紙烟的一個拍拍屁股先走了。另外一個嚼檳榔的便轉向坐在籐椅上的老頭子搭話起來。三四個預備進城穿得較整齊的小夥子揶揄着：「可別對××伯提起他老伴呵，那天出葬時他哭得好傷心呢！」老頭子苦笑着說：「沒那回事兒，老婆死了可以再娶，父親死了可就沒有第二個啦！」但是，他的眼睛卻望着遙遠的天邊，茫然若失。從片斷的對話裏，我把握不到甚麼，但是一個樸實而純美的故事卻盤旋在腦際。不久，老頭子也彎着腰回去了，他將回到一個兒孫滿堂，卻沒有老伴的家去嗎？「七十多歲了，人老不中用嘍。數着日子過活呢！」那個嚼檳榔的這次衝着陌生的我們說。他怕我們聽不懂，又笑着加上一句注解：「數着死期啊！七老八十的，老伴也去了，不死幹啥？」我們不知回答甚麼好。他看了我們一會兒，突然想起似的：「咳，走啦，走啦！日正當中，該回去吃飯嘍！」想起方才那老頭子，看着逐漸消失在草徑裏的光背，再眺望四面青翠的山野，我也突然有所感觸了，茫茫宇宙間，人所逃避不過的是循環不息的生老病死、生老病死……只有大自然是永恆的。

鄉間公車的班次是配合村民工作需要的，所以我們等了約一小時才見車開來，下坡路加快了駕駛的速度，不到十分鐘就回到「濁水坑」了。車站邊上稻田裏有三個婦女跪在泥中除野草，看到我們下車，都抬起頭來，斗笠和蒙面的布擋住了大半的臉，我只看見她們咧嘴笑時露出的牙齒。她們見了阿婆異口同聲地問：「阿順嬸，你上『山坪頂』去了？那兒今年的麻筍收成好不好？」這使我不禁又想起兩句陶詩：「相見無雜言，但道桑麻長。」中午的驕陽炙人肌膚，而稻田裏土壤的熱又反射在跪地俯身操作的三個人身上。我同情滿身泥濘操勞不息的她們說：「眞是辛苦，眞是可憐！」阿婆卻說：「她們都還年輕，做得動，有甚麼關係？活兒嘛，本來就是要人去做的，倒是有時颱風來得不是時候，眼看着穀子就要飽滿起來，被風雨摧殘，那才教人傷心，那才看得會教人哭出眼淚呢！」我想她心裏一定又想起給八七水災沖毀的田了。

午飯後略事休息，我們就準備離開了。搭乘公車本來是十分方便的，但是阿婆的兒子卻早已經騎了脚踏車去「香蕉公會」打電話叫計程車，我們只好坐在騎樓下等。這時候，一排房子遠近的人又都圍攏來，大家善意地跟我們打招呼。「明年孩子們放暑假再來啊？」「山區偏僻地方，沒甚麼好招待的，不過筍還新鮮就是啦！」「臺北人多熱鬧，這兒空氣比較新鮮呢！」我望着那些仍是陌生卻又似面善的一張張臉，不知該對誰回答甚麼好。微笑着，微笑着，卻幾乎忍不住眼眶濕潤起來。

車子快開動時，阿婆的兒子才說：「到臺中的車錢已付過了。」外子搶着要還他錢，可是他說甚麼也不肯拿回去。阿婆的媳婦也說：「你們給了我們那麼多，我們都收下了，這一點人情就讓我們做了吧！」許多人在車子四周看兩個人推來推去，怪難爲情的。我便悄悄說：「人家是一片誠意，就依了他吧！」車開之後，阿婆還追在後面一再叮嚀：「先生、太太，你們路上當心點兒。過兩天我就回去。」

車子駛在不甚寬闊但十分平坦的柏油路上。坐在前座的外子不知和司機談些甚麼。兩個孩子都有些睏了，正靠着後座閉上眼睛小睡。一路上青山綠水映目。回想短短兩天，我們所遊的地方算不得名勝古跡，只是典型的臺灣鄉村，但是收穫也不少。對於平時忙碌的外子而言，暫時拋開繁雜的工作，到鄉間來呼吸一下新鮮的空氣，調劑一下緊張的精神，對身心都大有助益。兩個孩子來到了大自然裏，捕蝦撈魚，又騎水牛去田野間玩，開學後在同學之前將會有談不完的話題。而我自己呢，一向住在大都市裏，這次旅行除了感染到一份濃郁的人情味之外，平日喜愛的那些田園詩和山水畫，似乎都在心中活起來了。

選自「讀中文系的人」(台北，洪範，一九七八)

聯珠綴玉

康芸薇

●康芸薇，民國二十五年生，河南博愛人。著有小說「這樣好的星期天」、「良夜星光」、「十二金釵」、「粉墨登場」等。曾獲救國團幼獅文藝小說獎、中央日報小說獎及文協小說獎。

尋知音

●一心想寫一篇「我的祖母」

民國四十幾年的時候，臺灣一度實行夏令工作時間，中午十二點下班，公務人員坐交通車回家吃飯、午睡，一直休息到下午四時再開始上班，一天只要工作六小時。

那個時期一切克難從簡，有許多辦公室是用鐵皮和木板建造的，沒有電扇和冷氣，在炎熱的夏天午後，太陽透過兩邊的窗子，照在辦公桌上，實在無法辦公。

我那時剛入社會，在一個機關裡做一點小事，中午十二點坐上交通車，因爲沒有交通阻塞，十分鐘就到達家中。我祖母每天都做好了我喜歡吃的飯菜坐在桌前等我，我雖是做點小事收入不豐，但是已經夠我和祖母生活。我每天回來看到我祖母安祥的坐在那裡，心裡充滿了驚訝和感動，我可以賺錢養活奶奶了。

我祖母沒有牙齒，她吃東西很緩慢，她邊吃邊望著我，臉上也是一副我已經長大，能養她，驚訝和感動的樣子。我祖母的眼睛大大的，很明亮，她笑盈盈的望著我，慢慢的嚼著口裡的食物，讓我想起大家都說她年輕的時候很漂亮。

我祖母年輕的時候，我們家環境很好，因爲我祖父過世早，由她當家主事，大家都喊她大掌櫃。那時她不僅不會做飯，連吃東西都沒有食慾，家中上上下下的人成天想著要做什麼好東西給她吃，如何讓她快樂。我看過她年輕的時候同家中一輩女眷拍的相片，那時她很瘦，那雙明亮的大眼睛寒光逼人，一看就知道這個女子必是衆人中的勝利者，不像傳說和我想像中的那樣美麗。

我祖母會燒的菜不多，只有海帶燒肉、涼拌黃瓜、炒空心菜，還有放了葱花和醬油、蔴油用滾水燙過的豬肝湯，但是都非常好吃。有次我祖母正在炒菜的時候，一個鄉親背著相機來我家，他對準了這個鏡頭給我祖母拍攝了一張照片。洗出來之後，大家都說將來反攻大陸了，要把這張相片拿給我父親看看。那張相片拍的很好，因爲天熱，我祖母只穿了一件無袖的掛子，手裡拿著鍋鏟，笑嘻嘻的站在爐臺前面，讓我想到我祖母常說的一句話：「八十媽媽去採桑，一日不死渡時光。」心中很感動。

然而，大家說將來反攻大陸了要拿給我父親看，另有含意。我父親是長子，淪陷在大陸，沒能來臺灣，除了不幸，還是不孝。他以前在中央銀行工作，他和我母親若到臺灣來了，就不會讓我祖母「八十媽媽去採桑了！」我一面吃飯，一面想著這些遙遠、錯雜的問題，內在的視野就不知不覺的寬闊了。

我每天十二點半午睡，兩點鐘起床，有兩個小時沒事做，我常常懶洋洋的坐在院子裡屋簷下一張方桌旁邊，望著我祖母同幾個隣居媽媽聊天，等待交通車開。

我祖母生過五個孩子，我一個伯父和兩個姑姑都不幸夭折，只剩我父親和我叔叔，如今我父親又淪陷在大陸；這些隣居媽媽有人喊我祖母老太太，有人跟著我叔叔喊她大娘，家中做什麼好吃的，都要送一點給她嚐一嚐，就彷佛女兒對母親一般。

我祖母人緣好，有兩個原因，除了年老慈祥外，對每個人同她說的心事話，都能守口如瓶。她常說：「在大家庭中，最忌諱翻嘴、說閒話，有許多話爛在肚裡都不能說。」我們住在叔叔工作的宿舍裡，如同住在一個大家庭之中，我常常撞見一些隣居媽媽在沒有人的時候來找我祖母，一面說話，一面拭淚。我從不曾問過我祖母這些隣居媽媽對她說些什麼，我只是想，也不知道有多少話爛在她肚子裡。

每次望著許多隣居媽媽圍著我祖母坐在那裡，我心中都會感到說不出的安慰，以前在大陸我父母親同她講話都很拘謹，她大掌櫃的身份、寒光逼人的眼睛讓人不敢隨意親近。

有一天我午睡醒來，看到大家圍著我祖母坐在那裡，心中有一種想爲她畫一張像的衝動，題名「安歇中的婦女」。讓所有認識她的人知道，她不再是一個可憐的寡婦、有權的大掌櫃或是與長子離別、憂傷的母親。

可惜我沒有繪畫的天份。我忽然想起我在學校的時候作文寫的不錯，何不利用每天午睡之後無事可做的兩個小時，寫一篇「我的祖母」。我買了稿紙回來，因爲和我祖母太接近不知如何下筆，卻寫了一篇與我祖母完全不相干的「十八歲的愚昧」。

這時兩個月的夏令工作時候已過了一大半，我每天午睡起來就抓緊了等車的兩個小時，坐在屋簷下方桌旁邊埋首寫作。我時而聽到我祖母同隣居媽媽說話的聲音，和痲雀啁啾的叫聲，心裡很感動，覺得我雖同祖母二人相依爲命，但是充滿幸福。「十八歲的愚昧」初稿，就在這夏天完成，我寫了兩萬多字，卻沒有想到要拿去發表。直到四十九年我換了工作，因爲在新環境中感到孤獨和寂寞，我又再度開始寫作。這次我只寫了三千多字，寫一個四歲小女孩的天真和可愛，寄到中央日報副刊，不久就登出來了。

看到自己的名字和作品變成鉛字登在報上，是一個很大的誘惑，我接著又寫了一篇「異國人」寄給中副。說一個嫁給中國人的老太太，如何愛中國和她如何以做一個中國人爲榮，而我們的許多同胞卻跑到美國拿綠卡，做美國人去了。

這篇作品刊出之後，我收到編輯和許多讀者來信鼓勵。一位正在金門服役的青年來信說，他這個扛著槍在前線保衛國土的戰士，要向我這個拿筆桿武裝人心的工作者致敬。我那時年輕，是一個聽不得有人說中國一句不好的愛國主義者。看了他的信，我感到人生是這樣的莊嚴和美麗！

我早期在中副發表的作品都是人生的光明面，好像拉直了喉嚨唱「天倫歌」，在浩浩江水，靄靄白雲的天地間，挖心挖肝與人共享天倫。

寫久了，我發現我寫的東西和我同時期女作家的作品都不相同，她們詞藻動人、婉轉、空靈，讓我感到我的作品太過粗糙。恰巧皇冠雜誌在這個時候舉辦小說徵文，我也很婉轉、空靈的寫了一篇「落月」和一篇「天神與天使」寄去應徵，得了佳作。那時皇冠雜誌的經濟沒有現在好，這次小說徵文不僅沒有舉行頒獎儀式，也沒有稿費，我只收到幾本皇冠出版的書。不知是否因爲沒有實質鼓勵的原故，這兩篇婉轉、空靈的小說，我後來很不喜歡，覺得太造作，不像我寫的。

●「這樣好的星期天」眞好

我在五十二年結婚，改變了生活環境，寫作的內容和風格自然不同。我這個時期寫出的東西帶著一點成熟、冷冷的味道，不再寄中副，改投徵信新聞(即現在的中國時報副刊)，我有一篇「這樣好的星期天」發表之後，獲得不少好評。那時好像剛有插畫，「這樣好的星期天」的插畫是凌明聲先生畫的，在高樓矗立的西門鬧區，一個年輕女子茫然的站在街頭。我記得好久之後主編副刊的王鼎鈞先生還提到這篇作品說：

「文章寫得好，插畫也好。」

「這樣好的星期天」我寫得很輕鬆，我一直有一種錯覺，凡是輕易得來的東西都不會太好，因此，聽大家說好，反而讓我心中不安，我感到我是何其的幸運，在寫作的路上遇到許多貴人扶持！我就這個時候認識了隱地，他不僅在他的「隱地看小說」中評介了「這樣好的星期天」，還介紹我到文星書店出書。

我的第一本書就是以「這樣好的星期天」為名，五十五年出版，我雖已寫作六年，但是這時才眞正與文藝界開始有來往。以前我曾不想到出書，而且還是像文星這麼好的書店！我曾認識一些給文星雜誌寫稿的年輕人，他們都很有才華和抱負。我夢想著在我步入文壇之後，都將認識更多有才華和抱負的人來拓寬我的視野，引發潛藏在我心中的寫作能力。

因著「這樣好的星期天」出版，我認識了朱橋、水晶和汪其楣。他們都是很精采的人，那時朱橋正在編幼獅文藝，他一星期連寄五封限時專送向我催稿，迫使我去改寫「十八歲的愚昧」。

初稿原有兩萬多字的「十八歲的愚昧」，在經過改寫之後，只剩八千字。如果當年我寫好了就拿去發表，可能是一篇讓許多人喜歡的言情小說，但是就不會讓水晶說好。那時水晶在南洋教書，看了我在幼獅文藝發表的「十八歲的愚昧」，立刻要他在臺北的姐姐寄一本「這樣好的星期天」給他，他看完了之後寫一篇評介，叫「這樣好的一本小說」。這篇評介對我很重要，水晶完全明白我在文字背後企圖表達的東西，他的共鳴，確定了我以後寫作的方向。

由於朱橋約稿，我參加了幼獅文藝學辦的小說徵文。這次徵文我得了第二名，並在由總統　蔣公頒佈青年節訓詞的紀念大會上頒獎。這篇得獎作品雖有評審朱西甯先生和司馬先生說好，但是，我覺得寫得並不理想，沒有收在以後出版的書中。

如果我能一直執著的寫下去，不知會寫出一個什麼樣的成就；「這樣好的星期天」裡的作品，沒有一篇寫我祖母，我只有在自序中，寫了幾句把這本小書獻給我祖母的話。書出版了很久之後，有一天我把這段話唸給我祖母聽，她臉上沒有一點喜歡。因爲我平時都是跟她說河南老家話，我唸那段話給她聽，用的是國語。她彷彿不認識我似的，茫然的說：

「我看妳以後還是多照顧小孩，少寫這些東西。」

我祖母的話，給我一個很深的印象，我警告自己，我可不能舞文弄墨、沽名釣譽，到最後大家都不認識我了。

●我的文友們

五十七年文星歇業，在文星任業務經理的林秉欽先生成立了一個仙人掌出版社，來找我出第二本書，這次和我一起出書尚有曉風、蔣芸、張健和白先勇。林先生年輕，又剛創業，凡事親自動手，他來送校對稿都是吃過晚飯，我正在給小孩洗澡的時候。因爲家居方便，我穿著短褲，又被兩個小孩在洗澡的時候潑了一身水，然而聽到摩托車聲，林先生已經到了我家門口，我來不及換衣服見客，只有狼狽不堪的任他推開紗門進來。

那時正是九月暑天，見他紅頭漲臉，我連忙切西瓜、倒冰開水給他。他一世吃西瓜，一面對我說他來我家之前，先去曉風家，曉風住在一幢公寓的四樓，他按了門鈴，曉風知道他來取稿，從陽臺像拋綉球似的丢了下來。我聽了忍不住要笑，覺得住公寓眞好！在大熱天不會突然闖進一個人來，讓衣冠不整的自己措手不及。

文星歇業之後，汪其楣買不到「這樣好的星期天」，寫信來問我這個作者可有藏書割愛。那時她剛從臺大中文系畢業出來，在一個語文中心教外國人學中文，用「這樣好的星期天」當小說教材。我們認識之後，她有次聽說我想去臺大中文系旁聽，就替我選了鄭騫老師的宋詩，也不管我兩個小孩要怎樣安排，她在寄來的課程表上寫著「一定要來，鄭老師要退休了，他講得非常好，你不來以後就聽不到他的課了。」讓我不敢坐失良機。

宋詩淡雅，不像詞和唐詩那樣艷麗，鄭老師兩節課只講一首詩，我坐在課堂上如同聽故事一般，非常愉快。我每次去上課都坐在第一排，靠右邊門口第一個位子。鄭老師每次來都會望望我，我就羞怯的朝他笑笑，讓他不好意思問我是誰。那時我三十剛過，覺得自己已經好老了！其實現在想想，三十仍很年輕；其楣雖已畢業，也來旁聽，我們同學一個學期，她出國深造後，我就鼓不起勇氣再去旁聽了。

我的第二本書「兩記耳光」在仙人掌出版之後，我覺得我應該像節育一樣暫時停止寫作，讓自己休息，好有暇再去看看我身邊的人與事。

對於我的寫作前途，我沒有計畫，甚至也沒有想到應該再去看一點什麼書，我只是覺得寫作脫離不了生活，我要把自己完全放鬆，很客觀的去看看我們所生存的這個世界。

聖經上說：「有衣有食就當知足。」那一段日子我過得很安逸，每天從市場上買回來一些我喜歡吃的零食，坐在屋簷下的石階上與兩個孩子分享。並且用我們老家河南話唸著：

「你一口，我一口，還有一口餵小狗。」

孩子們聽到我講河南老家話，都睜大了眼睛說：「媽媽的聲音好怪呀！」然後就和我格格的笑成一團。

六十年春天我祖母過世，她從小教我「寧失機，不亂步」，我也要求自己不可輕浮。然而，她過世之後，我內心的世界全瓦解了，連想寫一篇紀念她的文章都寫不出來。這時林懷民從美國寫信回來，說他想辦一個兒童月刊，邀我參加。他認為我們這些寫作的人應該本著良知，給下一代寫點有血有肉的故事，不能老讓我們的下一代看人家西方人的王子和公主。我沒有回他的信，我不知如何告訴他，我祖母去世了，我什麼事都不能做。後來林懷民回國沒有辦兒童月刊，辦了雲門舞集，有一天，我在後臺見到，他問我為什麼不寫了，我才向他解釋我沒有回信的事。並且問他：

「我祖母去世，這是不是理由？」

在收到林懷民的信同時，我還收到許家石的信，他接編聯副，許久沒有看見我的作品，向我約稿。許家石是一位我很喜歡的作家，他的信我也沒回，這件事讓我感到很遺憾，因為我和許家石沒有見過，一直沒有機會向他說明我不回信的原因，以及謝謝他向我約稿的美意。

到了六十五年我才又開始寫作，我的「全福人」、「十二金釵」、「補心記」等先後在聯副發表，也有許多人說好。然而，就在我想好好寫一陣子的時候，因為家中的儲蓄被一個親戚借去全部倒了。我必須出去工作，寫作又再度停止。

●為報知音勤寫不綴

七十年大地出版社重印「這樣好的星期天」，「兩記耳光」也易名「叵夜星光」，在民國七十一年由爾雅出版。這才使許多人又注意到康芸薇這個名字，紛紛鼓勵我再開始。有一個在政大讀書，叫王開平的小讀者，最為熱心，他把許多我未曾出版的舊作找了來，要我再寫幾篇新的結集出書。像當年汪其楣要我去臺大中文系旁聽一樣，也不管我工作多麼辛苦，有沒有時間和精力。他時常打電話，或者到我家，問我已經寫了多少。

今年三月我能在大地出版社出版「十二金釵」，王開平的功勞最大，他常如數家珍一般提起我的舊作，把那些失去的歲月一一的喊了回來，使我有興趣去整理舊稿。

汪其楣學成回國在藝術學院任教，聽說我要出新書，要給我校對，讓我感到寫了這些年最大的成就，就是認識這些可愛的朋友。

朱西寧先生在給「十二金釵」寫的序中有一段話：

> 按芸薇的小說遠在二十餘年前即已有成，太應享有盛名，卻幾乎沒沒無聞於世；尤其近十多年來未曾結集出書，今不必說所謂愛好文學的青年讀者，便是文壇新輩，又能幾人知有康芸薇這位作家？

讓我想到年初我隨文協去菲律賓，在一個文藝集會中，有一個很年輕可愛的女孩，拿了一本由爾雅重印的「良夜星光」要我簽名。她叫陳淑璇，是一個小兒科醫生。我在臺灣都沒沒無聞，很奇怪她遠在菲律賓，怎會有我的書。她說是一個叫吳清華的數學老師要她看的，吳老師現今正在美國進修。我回臺灣之後收到陳淑璇的信，還有吳老師寫給她的信的影本，裡面有一段話，有關「十八歲的愚昧」。

> 康芸薇的「十八歲的愚昧」，妳好歹也要設法借來一讀，寫得眞好！如果給××寫的話，一定在李老師吻學生這個情節上大作文章。康芸薇卻把一羣吱吱喳喳的中學女生寫得那麼傳神，叫你邊看邊把你帶回那段背死書、抄習題、一知半解度過去又令你無限眷念的中學時代。另外在你會心微笑認同下，再不露痕跡的加上一些嚴肅的東西，卻那樣輕描淡寫的夾在裡頭，完全是deceptively的平凡，是不平凡的渾然天成，令人心折——」

我從不覺得我寫過這樣好的東西，我感到又遇見了知音和貴人。我和吳清華老師雖不相識，但是，當我看了他信尾的P.S.「忘了樓上廚房燒著東西，寫好信上去一看，鍋裡的玉蜀黍都燒焦了！」不禁會心微笑，覺得我是認識他的。我告訴自己，即是僅僅爲了尋覓這樣一個可愛的讀者，我也應該排除萬難，努力寫下去。

(原發表於76年8月「文訊」31期)

■康芸薇作品目錄

書名	類別	出版者	出版年月	備註
①這樣好的星期天	小說	文星書店	民國55年8月	（大地出版社　民國70年4月再版）
②兩記耳光	小說	仙人掌出版社	民國57年9月	
③十八歲愚昧	小說	晨鐘出版社	民國60年9月	
④良夜星光	小說	爾雅出版社	民國72年9月	
⑤十二金釵	小說	大地出版社	民國76年3月	

註：「這樣好的星期天」55年由文星書店出版，71年大地出版社重印「良夜星光」57年仙人掌出版社出版，58年由晨鐘出版社易名爲「十八歲的愚昧」。72年改名爲「良夜星光」由爾雅出版社重印。

■康芸薇作品評論索引

篇名	作者	期刊名	刊期	時間	頁次
①讀康芸薇「這樣好的星期天」	隱地	自由青年	35卷11期	55年6月	頁24～25
②這樣好的一本小書（康芸薇「十八歲的愚昧」）	水晶	中國時報		56年3月13～14日	6版
③讀康芸薇的「新婚之夜」	隱地	幼獅文藝	28卷1期	57年1月	頁258～264
④讀康芸薇「天神與天使」	梅遜	文壇	107期	58年5月	頁10～12
⑤談康芸薇「旋轉」	楊靜思等	文藝月刊	15期	59年9月	頁157～165

⑥康芸薇的「兩記耳光」	古人	自由青年	48卷2期	61年8月	頁145～147
⑦評「十八歲的愚昧」	花村	書評書目	47期	66年3月	頁72～76
⑧康芸薇「補心記」讀後	曾心儀	聯合報		67年5月1日	12版
⑨作家與書的故事・康芸薇、洪醒夫	隱地	新書月刊	1期	72年10月	頁55
⑩碩人天成——序「十二金釵」	朱西寧	十二金釵		76年3月	
⑪在榻榻米屋説故事——康芸薇「十二金釵」的姊妹情懷	碧邑	民族晚報藝文談		72年	
⑫與魚販爲伍的康芸薇	周培瑛	青年戰士報		72、7、20	11版
⑬康芸薇的香格里拉	康來新	中央日報		77、3、7	19版

「十二金釵」後記

我從小近視，上小學三年級的時候就開始偷看小說。書中有許多字，我都不認識，但那種想要知道整個故事的心情，如同一個飢餓的人，不等食物做好，就半生不熟的吞了下去。

因爲眼睛不好，我偷看小說的時候都把書拿得很近，十分專注的看著，常常父親回來了也不知道。他黑封著臉問我：「你眼睛不要了嗎？」然後責怪母親不管教我。我小時候木訥，聽父親一吼，好像闖了大禍一般傻在那裏，不知如何是好。然而，一轉身，我又趁著父親不在家的時候偷看起來。

我三年級還沒讀完大陸就亂了，許多家庭都先把老人與孩童送到臺灣來，我就這樣跟著祖母和外祖父母到了臺灣。外公是財經立法委員，但是很少見他去立法院開會。他整天困坐愁城，憂心著國事和留在大陸上的親人。

那時候我們住在泰順街。在和平東路有一家租書店，外公每月給書店老闆一筆錢，可以隨意去那裏借書。起初他沒有生病的時候，穿著一襲藍色長袍，拄著拐杖去書店借書。後來他身體不好，借書的責任就落在我身上了。我每次走進那家書店，看到一屋子的書，就想起我們家鄉一句話：「小狗掉進毛坑裏去了！」心中那分喜悅，彷彿是擁有整個世界。

大陸淪陷之後，外公心情不好，病就加重了。我們住在一幢日式房子裏，外公很不喜歡榻榻米，他每天即使不出門，也穿著一雙布鞋在榻榻米上走來走去。上午他精神好的時候，就坐在客廳四方桌前面用骨牌卜卦。我極喜愛榻榻米，赤著腳，伸長了腿，靠著牆坐在客廳的一張榻榻米上看中央日報，或是送給立法委員看的大陸雜誌。

大陸雜誌白色封面，用毛筆寫了四個大字。那時我才十三歲，因爲讀書遲，小學還沒畢業。大陸雜誌裏面寫了些什麼，我不甚明白。只是打開大陸雜誌遮著臉的時候，我依稀看到留在大陸上的父母與姊妹，淚水不禁奪眶而出。外公必是看見了我一直坐在那裏，他才不講話。甚至有一次聽到他喊著我的小名對外婆說：

「××好喜歡榻榻米，一坐下來就不動了。將來回大陸她出嫁的時候，蓋一幢榻榻米式的房子給她做陪嫁。」

那時誰也沒想到會在台灣住這麼久。我常幻想有一天回大陸了，我要在外公爲我蓋的那幢榻榻米的房子裏，招待親友中所有與我年紀相彷的姊姊妹妹，告訴她們我在臺灣的見聞，和我在書中見到的許多故事。

然而，東窗口的陽光悄悄地移到客廳中央，像小貓一般爬到我腿上來了；那種暖暖的，無限溫柔的感覺讓人想哭。

外公洗骨牌的聲音不知何時變得急促起來，「嘩啦！嘩啦！」頻頻的響著。我知道他的卦又沒有拿通，坐在那裏更加不敢動了。好像就在這段時期，我在中副看到一首小詩：

天知、地知、不必求人知。

不求人知，所以忍得住。

心中異常感動，覺得自己不再是一個十三歲的孩子，而是跟外公一樣，擔負起這個時代的不幸和寂寞。

外公病了兩年多去世，年僅六十二歲。如果外公再活十年，我已經二十五歲，而不是十五歲，我這一生可能完全改觀。

外公去世之後任我荒長，我不知天高地厚和人世的難苦，仍然繼續幻想著將來回大陸以後，我要如何在外公替我蓋的榻榻米房子裏招待衆家姊妹；我的故事說到精采之處，她們會如何爲我拍手叫好。

我從不曾想過我要當個作家。我後來開始寫作，也是抱著有故事要說給姊姊妹妹聽的心情。

有次文友聚會，大家談起有許多愛好文藝的青年沒有聽過我的名字。在水晶爲我叫屈的時候，朱西甯先生問我：

「芸薇，有我們這幾個人喜歡你的作品，還不夠嗎？」

我甚爲惶恐的說：「夠了。」

可能是因爲從小偷看小說常被父親黑封著臉責備的緣故，我現在寫作也不敢明目張膽。我們家鄉有一句話：「看閒書替古人落淚，不幹正事。」因此，我在家中寫稿，丈夫兒女問我：「你寫文章，我們就不要吃飯了嗎？」我就無言以對。在辦公室沒事的時候，我一攤開稿紙，就把頭垂得低低的，不敢再看旁邊的同事。

作爲一個職業婦女兼家庭主婦，實在無暇作文章。我每次寫稿的時候心中都焦急不安，眞的彷彿家中著火一般，只想趕快搶救一兩樣東西逃離現場，至於搶救下來的是什麼東西，就不知道了。我向朋友笑說，寫作是我的一個惡習，讓我不知耽誤了多少正事，有愧職守。

因爲我寫作是抱著有故事要講給姊姊妹妹聽的心情，很有趣的是，喜歡我作品的人，後來都眞的變成如同我的姊妹一般。姚宜瑛姊姊在二十年前看到我在中國時報「人間」發表的一篇「養雞記」後，這二十年來她就像姊姊似的一直關心著我。

汪其楣看了我的「這樣好的星期天」來木柵看我的時候，剛大學畢業。其楣出身中文系，見我的作品錯別字多，對我說日後我再出書，她替我校對。我原以爲是一個大學剛畢業的女孩一時熱情，沒有想到君子一諾千金。「這樣好的星期天」因爲文星書店歇業絕版，十多年後由姚姊姊的大地出版社重印。其楣這時忙著籌備成立藝術學院，她在百忙中仍實現了對我的承諾。

這次我出版「十二金釵」，其楣正在排演「天堂旅館」，寫信來要我賜她校對一職。我知道其楣做事認眞，在她全力排戲的時候，那有時間替我校書。我打電話去問她：

「行嗎？」

她說：「行。」

放下電話，我坐在那裏獨自笑了許久。三個字就解決了一件事，這跟現代人與人之間的隔閡與不信賴，同屬荒謬吧！

收在「十二金釵」中的作品，除了「一年戊班」和「韶光似水」，其他幾篇都是至少十年前的作品。「花落葉猶青」經過修改，又在時報「人間」副刊發表。「十二金釵」能夠出版，要感謝許多朋友的幫助。

謝謝朱先生爲我寫序，其楣爲我尋找封面和校對，還有王開平把我失散的稿件都爲我找了來。開平五十四年生，是一個喜愛我作品的年輕人。我認識他的時候，他剛建中畢業，如今已是大四的學生。這幾年他一直給我打氣，催我寫稿。他說：

「想想看，民國五十五年文星給你出『這樣好的星期天』的時候，我才只有一歲。你怎麼會想到十多年後，那個一歲的小孩竟爲了你當年的一本書而感動。」

這一切讓我感到生生不息的歡喜和娛悅，心中又有了想要說故事給姊姊妹妹聽的衝動。

選自「十二金釵」(台北，大地，一九八七)

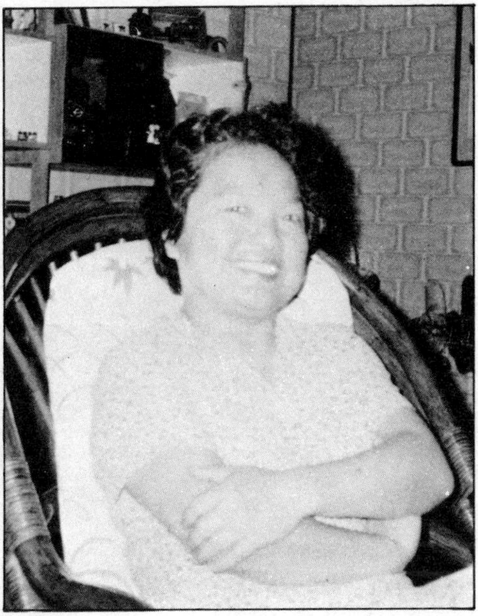

姚姮

聯珠綴玉

●**姚姮**，本名徐月桂，民國二十六年生，台中市人。台中女中高中畢業，曾任「民聲日報」助編、「商工日報」編輯。著有「弱女」、譯有「希區考克系列小說」、「一縷芳魂」、「藍色時間」、「黑手黨」、「步步驚魂」、「一念之間」等多種小說。

一生的文學伴侶

自從前年春天，因腹膜炎進手術房剖腹洗腔，及時撿回一條老命後，病中痛苦的折磨，使我內心深處，對寫作的那股熱度，消退很多，一抹停筆的念頭油然而生。前年十月再次進手術室割治眼疾後，停筆的念頭更加深了。事實上，這兩年來，一天能下筆寫個千把字，便算「豐收」。近些日子裏，情況更是每下愈況，常常覺得一隻右手臂，老是不聽指揮，一支原子筆好比千斤重，筆耕起來倍覺辛苦，經常擲筆數嘆——不祇三嘆——那感嘆中，不是純然的無心筆耕，還含有力不從心，以及那欲振乏力的無奈感！

那天，驀然回首，屈指一算，自己的「寫齡」居然也超過三十年，這三十年也關係着我半生的點點滴滴，並不只是寫作而已。

●三十年歲月如夢似幻

三十年，如夢似幻，像假却又是眞！

我生長在鐵工廠商人的家庭，在父親的腦中，他的女兒長大後，應該找個開一爿店的商人家做歸宿，每天坐在店後面，數數鈔票，記記流水帳，跑跑銀行，那是最理想不過。拿筆寫字以字數算計賣錢，那是多麼不可思議，又多可笑的事，甚至也不懂。雖然父親的觀念是那樣，但他從沒有正面阻止過我。只是當我坐在客廳桌前爬格子時，父親偶而會在我頭頂上送個「五斤錘」，同時問：

「寫那些沒有錢賺的東西做什麼？」

商人是在商言商，談的總是錢。

說到「沒有錢賺」這件事，不得不把寫作過程重頭說。事實上，連我自己爲什麼會走上寫作這條路，眞是做夢都想不到的事。

●第一份「薄酬」

民國四十二年讀臺中女中高中的時候，有一次記不得在什麼情況下，寫了一篇稿子偷偷投給「學友月刊」的學生園地，稿子投出去後也就忘記這件事。過了些日子，家中突然收到一張三十元的滙票，和一張印有「薄酬」字樣的條子，對金錢控制得很刻薄的繼母，直問我：

「誰寄錢給妳？」

起先，我自己也弄不清爲什麼有人滙三十元給我，以後反覆看那張印刷的條子，終於弄清「薄酬」是什麼意思。記得那次爲了要去郵局領「薄酬」，向訓導處管理組長請外出假時，那位姓馮的組長，也像我繼母，人家滙錢給我，當做是壞事一樣。

因爲是平生第一次賺錢，又被家長學校認爲「驚天動地」之事，印象很深。

說來慚愧，從那時候起，我竟然因爲寫「作文」（當時腦中不叫稿件，也不懂稿子這些名詞）能賺錢，便到處投稿，中央、新生都投，可是全軍覆沒。但在臺中民聲日報的「學生園地」，却是一位「臺柱」，去一篇登一篇。

民聲日報是個很「性格」的報紙，當年的徐社長對副刊不付分文稿費，只贈送刊出當天的一份報紙。徐社長認為，我提供園地給你練習寫作，出白紙、鉛字、油墨，請人編輯、印刷、發行，不向投稿者收費用已經太好，還要付什麼錢？他認為投稿者投他的報紙是「互惠」。

民聲日報雖然不付分文稿費，但在投稿期間，我認識了當時的總編輯黃若雲先生，他是位和善、非常愛護我的人，高中畢業，找不到工作時，他出面向徐社長推介，聘我到報館當資料室管理員，兼助理編輯。民國四十五年，女孩子上夜班的並不多。北部我不清楚，在中部，我可以說開風氣之先。黃先生教我認識鉛字的大小，題幾分幾，多少欄，多少高，用多少字等編輯方面的技術，視我為他的左右手，替他整理信件、稿件，漸漸學習發稿，下工廠看拼版，先編「婦女版」，再兼編「學生園地」，那段日子裡寫了不少現在自己看了都會臉紅的文章——如果還算是文章的話——也結交了好幾位目前還在詩壇上活躍的人，那時候，都是沒有名氣的。

也就在民聲日報工作的那段時間，我認識了畢珍。

●一生的文學伴侶

我很少說出口，不過，我是瞎子吃餛飩——心裏有數，如果我沒有認識三十多年來一直默默耕耘，至今對寫作仍狂熱不衰的「畢珍」，我老早就從寫作路上退下，改走他途，泰半是嫁做商人婦。如果沒有嫁給愈挫愈勇，孜孜不倦的畢珍，文壇上不會有「姚姮」這個小卒，因為沒有他的扶持與鼓勵，我早成了逃兵。如果不是畢珍的耐心、愛心和厚道，我不可能有六十多本書的「成果」。

在民聲日報和他做朋友期間，他以同事身份鼓勵我，每天至少寫兩千字，寫好交給他，由他修改，我再謄清，寄給臺北各報章雜誌，那時候採用最多的要算薛心鎔先生主編的大華晚報副刊「淡水河」，民族晚報副刊、聯合報、中央日報，多半是中短篇，以後也出了兩三本薄薄的小書，銷路佳否，祇有天知道。因爲那時候出版社肯替妳集印成書，妳就感激不盡，一毛版稅也拿不到。

不過，那時候東投西投，也賺了上萬元的稿費，四十七年春結婚時，自己添了一點點可憐的嫁粧。

婚後因爲兩人的薪水合起來不到一千元臺幣，只有在正業外，拿寫作當副業，靠賣稿來改善生活。我們兩人可以說從無中生有，像一對拓荒者，在一塊荒蕪的地面上，又要種植、尋覓糧食餬口，又要搭蓋可以遮風避雨的屋子，胼手胝足，其辛苦可以想像。那時候稿費普通是三十元一千字，每賣一篇，那怕五十元或六十元，我就存入郵局，夫妻兩人，共同合作，我寫他改，他寫我謄，沒日沒夜，如針挑沙，一點一點的積存，到年底時，共積蓄了兩萬餘元(其中有些是他和我婚前私人的積蓄)。

這一年的九月，我們爲了節省每月的房租和水電，以及老闆肯多加的四百元薪水，婉拒了民聲日報的挽留，而應嘉義商工日報之聘南下，他去編新聞，我去編副刊。正業外，仍把寫作當副業。

四十七年年底，諾兒出世。那時我才二十二歲，少不更事，身邊又無長輩，糊糊塗塗，但養兒方知父母恩的心情倒是領悟到。這時踫巧父親經商失敗，我們趁過年回家拜年時，將兩人辛苦的積蓄，傾囊相助。

四十八年那年，在我們是屬於豐收年，本來積蓄可以買幢小房子的，但父親生意仍無起色，便陸陸續續將所賺的錢「悉數」往娘家寄。畢珍和我都認爲，報答父母養育之恩乃天經地義之事；錢寄回去，不求什麼，只希望父親生意好轉時，分享一點成果。那時候我便可以買幢小房子，不必再住八個榻榻米大的宿舍，用水下樓提，上一號要翻牆，那種如逃難一樣的住家環境。

四十七年底和四十九年春，兩個孩子相繼出世，這段期間我每天的工作是看稿和育嬰——連月子都看稿、編稿——稿子只是在自己編的副刊上寫個補白的「小婦人集」，屬雜文。

五十一年九月，由於商工日報社長林抱先生去世，林福地先生接任社長，社方對我夫妻雖很器重，然眼見其難有發展，畢珍便「跳槽」赴臺北，在當時的「徵信新聞」工作，因爲我自己只有高中畢業，談不上學歷，本身在「文化沙漠」中長大，文學素養也不夠，爲了生活，一心想有個突破。正好畢珍有個同學夜晚在「美爾頓英文補習班」補英文，夫妻倆商量一下，這是一個可以試走的途徑，當時他編徵信新聞人間副刊，是白天上班，他下班後，我去讀夜班；兩年後，當他調編夜晚的新聞時，我改讀白天班，兩個上幼稚園的孩子也就輪流帶。夫妻兩人分工合作，誰在家就帶孩子、燒飯；衣服請人洗。

五十二、五十三、五十四這幾年，是我最勤奮、辛苦，也最窮愁、潦倒的幾年。這三年裏，一邊補習英文，一邊給嘉義商工日報寫一個小專欄，一篇十五元臺幣，每月四百五十元，另外東投西寫，寫些短散文，得空幫畢珍謄稿。記得那時候有人出一種小小的「小說報」，每本四萬字，畢珍打稿，我抄寫，再送到重慶南路，得款八千，那八千成了我們家庭的準備金。我們的生活原則是「常將有時思無時，莫待無時思有時」，日子再窮，手頭再拮据，絕不向人開口告貸，那區區數千元，是我們的根，誰也不能拔。

或許有人懷疑，妳家有兩隻筆，畢珍又編副刊，不是可以寫稿賺稿費嗎?沒有人相信，他編兩年「人間」副刊，自己沒有寫過一個字，我只寫過一篇應景文章配合而已。

●「我們再寫再賺!」

五十三年間，父親生意大有轉機，機車生意給老人家著實賺了不少，可是中南部老一輩人的心中，有著根深蒂固的重男輕女——那怕女兒只有我一個——娘家一發了財，我們拿回去的六、七萬元，變得微不足道，根本不屑一提。我曾客客氣氣，寫過三封信，告訴父親，我想購屋，以減輕每個月的房租開支，請教老人家，在不影響他的經濟範圍內，能幫助我多少？那時候敦化路國泰蓋第一批公寓，我去看過，三十六坪，四樓，鐵價是十二萬八千元，如果父親還我那區區不足道的六、七萬元，我再湊一點，銀行貸一點，可以買得很輕鬆。

然而，三封信均如石沉大海，沒有回音。有親戚慫恿我回去討，我做不出來。父親是我的，天下無不是之父母，我是啞子吃黃連，不能說任何話，眼淚往肚子裡吞，一個原則，娘家人做得出，我便忍受得住。我常常想，這時候如果畢珍心胸狹窄，沒有風度，逼我回娘家「討錢」，或責罵我，或諷刺我的話，不是夫妻分手，就是尋短見。但是畢珍沒有，他每看到我難過，便安慰說，「我們還年輕，我們再寫再賺。」

就是衝著他這個「再寫再賺」，淡淡，溫溫，輕輕，巧巧的一句話，從五十四年起，我開始學習翻譯。起先在商工日報的老地盤上闢了一個「姚媽媽講故事」的專欄，專門譯一些外國兒童故事。那段日子裡，徵信新聞、中華日報、新生報都有兒童版，尤其中華日報，用我很多譯稿。這些兒童稿，以後收集成書，由水牛出版社出了五本：「巨人保羅」、「鑽石奇案」、「奠石奇遇」、「神奇的老馬」和「妖怪．冒險故事」等。

我是一邊補習，一邊練習翻譯。有一天在西門町的舊書攤買了一批舊的「希區考克神秘雜誌」，拿回家看看，覺得老外的文章，有些文字並不難，平易近人，故事精彩，情節動人，便著手選材，練習翻譯。學問學問，邊學邊問，邊學邊譯，現買現賣，一譯出一篇稿子，便斟酌內容和數字，適合那一家報紙，或那家雜誌，再逕自投寄。那時候冥冥之中似有神佑一樣，每家報社的編者都很愛護我，我不敢說「來稿必登」，刊登率却相當高。

從五十五年起一直到六十年，那幾年間，我是在內心委屈、失望、悲傷和憤怒中，化成一股無名的力量，沒日沒夜，沒有娛樂，沒有休閑，整個人像機器一般，成天運轉，不是寫，就是譯，寫累了，譯乏了，離桌做些家庭主婦該做的事。五十六、七年間，也曾患甲狀腺亢進的病——兩眼凸出、四肢抖顫、心臟亂跳、大量流汗，體重一下子減輕十公斤——但我仍沒有停筆，一邊醫病，一邊寫。那時候南部有位文友來信問我，說我是不是三頭六臂？因爲，好多次，同一天裡，臺北兩三家大報的副刊頭條都是我譯的東西。那幾年譯的東西結集出書，計有：

商務印書館：「女孩的約會」和「春回春湖」。

新新出版社：「臥榻上的女客」和「惡妻」。

立志出版社：「鑽戒與眼淚」。

春雷出版社：「藍色時間」。

大西洋圖書公司：「陌生客」與「午夜的約會」。

水牛出版社一系列共計十二本的「希區考克神秘小說」和一本不屬於神秘小說的「可怕男孩」。以及中華日報刊出的「八千萬隻眼睛」這篇是長篇譯作，早賣給「水牛」，也許出版社考慮銷路問題吧，事過十多年的今天，仍然未見出版。

提到拿到稿費，仍不見出版的書，還有一個叫「博愛出版社」，那位老闆姓張，不記得名字，但他買了我一本翻譯稿子，一本創作，近二十年了，無影無踪，無消無息。那本長篇創作刊在當年的「文壇」，只記得題目叫「媳婦」，我手邊是影子也沒有。

●柳暗花明

五十五年到五十九年這幾年中，由於自己的勤奮、努力，我們家的生活大大改善。我們靠稿費購買一幢一樓一底的小房子，裝電話，在五十七年三月，女兒八歲生日那天，給女兒添了一架全新的山葉鋼琴，兒子學提琴，生活也步入電器化。

說到靠稿費購屋置產，使我想到五十四年春，曾和畢珍的同窗好友合買內湖三百餘坪土地。那時由於親戚不可靠，悲憤傷心之餘，又拿出畢珍一部百萬字小說「長青島」的稿費，和「好友」投資買地養牛，希望能賺一點錢。天可見憐，牛沒有養，變成養鷄，以後這塊土地被「好友」一聲不響全部賣掉，直到去年（七十三年）在一個同鄉的聚會中，那個「好友」酒後才吐出眞言，說他在六十年時賣七十九萬，他大言不慚說：「我沒有錢，所以我沒有辦法還你們錢！」

六十年以後，我每天得空還是翻譯，那幾年的英文雜誌，不是在美國的朋友給我，就是我自己匯錢去訂購。有空便選材，遇到可用的，便查字典，再攤開稿紙，著手譯。東西寫多了，編者也注意到了，便來拉稿，往往拉稿的時候，都是甜言蜜語的，稿子限定字數，又訂交稿日期，有時甚至是×月×日×時來取稿。爲了依時交稿，好幾次，我通宵達旦，不曾闔眼的寫，但是稿子過手後，他們可能拖上半年才刊出，有些發排了，未來得及出刊雜誌便關門大吉了。當初約稿的編者找不到人，老闆溜了，於是稿子「屍首無存」，不知擱在那家印刷廠裡。我的想法是，如果不合用，速速退還給作者或譯者，功德無量。還有一種編者，在原稿上，又是鉛筆，又是紅筆的亂劃一通後，沒有任何理由，退還給妳。這現象往往是那些剛出校門，目中無人的新手做法；文藝界老編們拉稿，我碰過幾次，稿子依約寄去，也很快刊出，但是稿酬久久沒有下文。依雜誌上的電話掛過去問，會計或出納會告訴妳，××編輯先生早代領走了，究竟是雜誌社「賴」，還是編者「狠」，沒有去追究。

稿子寄出去後，不登但不弄亂，速速退還的話，我心中很感激。一篇稿子的好與壞，原本見仁見智，曾經有位編者，把稿子積壓著不登、不用，等過一陣子之後退還。令人惱恨的是，他竟把稿子拿來當茶杯墊，因爲稿子上有一深褐色的圓圓的茶漬，而且印透過數頁。

每次遇到寫稿與投稿上的挫折時，我更堅定一項原則：絕不讓下一代再走我和他們老爸的這條寂寞、艱辛、坎坷的路，太痛苦，太悲哀了。

老天保佑，兒子學經濟，目前在霖園關係企業從事電腦工作；女兒學會計，洋會計師執照快到手了。

寫作這三十年中，總是一個階段一個階段，一朝天子一朝臣般的。早期中華日報林適存先生採用我很多稿子；以後自立晚報祝豐先生也採用很多；耿發揚先生編經濟日報副刊和聯合報「萬象版」時，也採用我很多譯稿；徵信新聞(不是畢珍主編的時候)、新生、中央、青戰，以及這幾年楊尙强先生負責的「民族晚報」都很捧場。這些「散見各報章雜誌」的稿子，六十年後，交由國家出版社一次出版五本，一共出了二十五本；以後堯舜出版社也陸續出了五本，今年希代出版公司出了四本。

有時夜裡無事，坐在扶手椅上，側頭看那一大疊書，心中是又歡欣，又悲哀；竊喜自己辛苦沒有白費，悲哀是才這麼一轉眼就是三十年，自己變成「視茫茫，髮蒼蒼」了。

說眞的，寫太久，也寫太多，是該停筆交棒的時候了。

(原題「三十年來筆不停」發表於75年2月「文訊」22期)

■姚姮作品目錄

書名	類別	出版者	出版年月
①弱女	創作	皇冠出版社	民國51年
②女孩的約會	翻譯	臺灣商務印書館	民國56年
③可怕的男孩	翻譯	水牛出版社	民國57年

④惡妻	翻譯	新新出版社	民國57年
⑤臥榻上的女客	翻譯	新新出版社	民國57年
⑥希區考克緊張小說	翻譯	水牛出版社	民國57年
⑦希區考克驚魂小說	翻譯	水牛出版社	民國57年
⑧希區考克神秘小說	翻譯	水牛出版社	民國57年
⑨希區考克奇情小說	翻譯	水牛出版社	民國57年
⑩情場、閨房、家政	翻譯	立志出版社	民國57年
⑪一縷芳魂	翻譯小說	哲志出版社	民國57年
⑫重回蜜月鄉	翻譯小說	皇冠出版社	民國58年
⑬希區考克詭異小說選	翻譯小說	水牛出版社	民國58年
⑭希區考克怪誕小說選	翻譯小說	水牛出版社	民國58年
⑮希區考克恐怖小說選	翻譯小說	水牛出版社	民國58年
⑯希區考克膽裂小說選	翻譯小說	水牛出版社	民國58年
⑰希區考克離奇小說選	翻譯小說	水牛出版社	民國58年
⑱藍色時間	翻譯	春雷出版社	民國58年
⑲鑽石與眼淚	翻譯	立志出版社	民國58年
⑳春回春湖	翻譯	臺灣商務印書館	民國58年
㉑陌生客	翻譯	大西洋圖書公司	民國59年
㉒午夜的約會	翻譯小說	大西洋圖書公司	民國59年5月

㉓希區考克精彩小說選①	翻譯小說	水牛出版社	民國62年
㉔舌頭	翻譯小說	國家出版社	民國64年
㉕大學生之死	翻譯小說	國家出版社	民國64年
㉖意外的證人	翻譯小說	國家出版社	民國64年
㉗海上的秘密	翻譯小說	國家出版社	民國64年
㉘最低賤的職業	翻譯小說	國家出版社	民國65年
㉙希區考克精彩小說選②	翻譯小說	水牛出版社	民國64年
㉚希區考克精彩小說選③	翻譯小說	水牛出版社	民國64年
㉛巨人保羅	少年讀物、翻譯	水牛出版社	民國65年
㉜追	翻譯小說	國家出版社	民國65年
㉝星期五吃肉	翻譯小說	國家出版社	民國65年
㉞一個該死的人	翻譯小說	國家出版社	民國65年
㉟惹禍的第三隻手	翻譯小說	國家出版社	民國65年
㊱不在現場的證明	翻譯小說	國家出版社	民國60年
㊲骷髏頭	翻譯小說	國家出版社	民國66年
㊳鼻子功夫	翻譯小說	國家出版社	民國66年
㊴活着的死人	翻譯小說	國家出版社	民國66年
㊵生死邊緣	翻譯小說	國家出版社	民國66年
㊶庭上，我無名火起	翻譯小說	國家出版社	民國66年

㊷鑽石奇案	翻譯	水牛出版社	民國66年
㊸奐石奇遇記	少年讀物、翻譯	水牛出版社	民國66年
㊹狠狠狠	翻譯小說	大東方文化出版公司	民國66年
㊺黑手黨	翻譯小說	大東方文化出版公司	民國67年
㊻渴死飲水的人	翻譯	國家書店	民國67年
㊼兩個人頭	翻譯	國家書店	民國67年
㊽老大嘍囉	翻譯	國家書店	民國67年
㊾大學生的新潮	翻譯	國家書店	民國67年
㊿步步驚魂	翻譯	國家書店	民國67年
51神奇的老馬	少年讀物、翻譯	水牛出版社	民國67年
52妖怪與冒險故事	少年讀物、翻譯	水牛出版社	民國67年
53一念之間	翻譯	國家書店	民國68年
54霹靂神探	翻譯	國家書店	民國68年
55槍口遊魂	翻譯	國家書店	民國68年
56偷臉的人	翻譯	國家書店	民國68年
57狼狽為奸	翻譯	國家書店	民國68年
58遙控殺手	翻譯小說	堯舜出版社	民國70年
59紅線公司	翻譯小說	堯舜出版社	民國70年

⑥⓪女人的絕招	翻譯小說	堯舜出版社	民國70年
⑥①夢屋	翻譯小說	堯舜出版社	民國70年
⑥②第二種天才	翻譯小說	堯舜出版社	民國70年
⑥③推理小說選	翻譯小說	希代書版公司	民國74年
⑥④詭異小說選	翻譯小說	希代書版公司	民國74年
⑥⑤神秘小說選	翻譯小說	希代書版公司	民國74年
⑥⑥奇情小說選	翻譯小說	希代書版公司	民國74年

註：「情場、閨房、家政」，六十四年十二月由「星光出版社」改名「女性的魅力」出版。

《作品選》

「老太婆」的歲月

「事求人：誠徵能吃苦耐勞，中學以上程度，能獨當一面，富愛心及耐心的女主人一名，每週工作七天，每天工作十六小時以上，工作內容包括整理家務、燒飯洗衣，以及各種瑣事（必要時必須外出工作，賺取生活費幫忙），意者請洽××街十五號×先生。」

也許是冥冥中的緣份？或是逃不開，避不掉的命運？二十七年前，二十二歲那年，傻呼呼，不知天高地厚的我，猶如初生之犢，並不覺得那則「事求人」待遇苛刻，毫無考慮的，毅然決然的前往「應徵」。當然，那則「事求人」並沒有刊登在報上，但是，是寫在他臉上的，只有我這傻女孩看得見。

可能是條件太苛刻了，無人願「看」吧，應徵者也只有我一人，自自然然的，我獲得那份工作。從那年春天起迄今，忠心耿耿的一直擔任主人家的女僕人，主人打從我進門，便管叫我「老太婆」——一個二十二歲，正青春年少的「老太婆」。

老太婆這個頭銜豈是簡簡單單、馬馬虎虎就可獲得？進入主人的家門後，主人看準我的憨厚吧，把薪水袋和稿費單，甚至銀行存摺都交給我，他要我有稿費單時，跑郵局；缺錢用時跑郵局，做他的出納。每天晨起，要洗玻璃杯、燒開水，給他泡一杯清茶。主人講明，不喜歡香片。有一位心善仁慈的長輩，見到當時主人那麼乾瘦，很婉轉的告訴我，要我每天早晨起來冲「雞蛋冰糖」給主人喝，據親戚說，雞蛋冰糖有滋潤肺部之功效，主人是夜間工作者，白天又喜埋首伏案爬格子，做那類工作的人，要特別注意胸部的健康；親戚又叮囑，要在清晨喊醒主人，請他喝下，再讓他睡回籠覺。雞蛋冰糖冲好，茶泡過後，便是買菜、燒飯。我去「應徵」的時候，說來可笑，我連飯怎麼燒都不會，那時候還沒有電鍋這種現代產物，因此，經常不是稀飯，就是焦飯，不然就沒有熟。爐子還好，是用酒精爐，不是生火燒炭的，我不會煎魚，一條魚煎下來，像魚鬆，根本沒有魚形；不會燉豬蹄，不懂得用文火，全用大火，燒乾水，再加水，以後還是一位長輩教的，先用大火燒滾，再改用小火。那時只有兩人吃飯，青菜居然一頓炒一斤，浪費很多東西。這些主人都沒有嫌棄，從沒講句不好聽的，很感激他的好性情與雅量。

白天侍候主人的生活起居和飲食，夜晚主人外出工作時，我得在家等候，那個空檔裡，我總是幫忙主人整理稿件，謄清稿子；沒有稿子抄的時候，主人說不要浪費「青春」——雖然口中喊老太婆——鼓勵我練習寫作。凌晨主人下班回來時，得給他做消夜；白天忙，夜晚忙，無怨無尤，心甘情願，而且是死心塌地，如今想想，眞是笨蛋加三級。

那時候的主人，收入之少，眞正少得可憐，月薪六三〇元，單單房租就去掉四分之一，眞虧他還有勇氣登廣告求女職員，一間八個榻榻米大，由泥巴糊就的違建，一張床，一張寫字桌，一個燒飯的酒精爐，如此而已。爲了要給自己添衣橱和寫字桌，我不得不出去找一份只有主人一半薪水之工作。完完全全符合他事求人之中的條件。

有時候自己想想，爲什麼要那麼笨蛋加三級的爲他賣命，浪費青春呢？憑良心說，主人性情溫和，文質彬彬，嘴裡從沒有一句髒話，或不好聽的話，雖然文人總有他的一些癖性，但瞭解就好。

給主人工作的頭一年裡，偶而他心血來潮，會帶我出去看場電影，請我吃小館子，生日他也用意良深的送我一個象牙圖章，既可以在習作刊登出來，有稿費來時派用場，又有紀念性質。我嘴裡沒說，心中想，主人小器巴拉，一只圖章什麼用？不送點實在一點的東西？

事實上，那枚圖章是最「實在」的東西，二十七年了，還實實在在的「在」。

以上只是在做不完的家事做煩之下，所發出的一滴滴牢騷。眞正說起來，和主人結婚二十七年，過了四分之一多世紀，我們還是像一杯白開水一樣，過著淡淡的，沒有甜味，也沒有苦味的生活。唯一與衆不同的是，我們過的是日夜顚倒的生活，人們工作時，我們歇息，人們歇息時，我們勤奮工作，暢所欲言的聊天說笑，天曉得的，我們經常有說不完的話，那些話都是重複又重複，都是些老掉牙的故事，但是我們樂此不疲，經常在他凌晨兩點下班回來後，吃過消夜，兩個老公婆就這麼古往今來，談天說皇帝的聊到天亮。

曾經有人問我，過日夜顚倒的生活，有什麼甘苦？

我回答說，習慣得近乎麻痺了，分辨不出甘或苦的滋味。只覺得生活就是這樣，日復一日，夜復一夜；天色漸黑，六點半，就是準備晚飯，讓他吃飽，好上班工作，午夜後，他快下班時，又得思考給他什麼東西做消夜？牛奶、土司、蛋？還是咖啡、餅乾？還是稀飯、肉鬆、醬瓜？（這兩年來，公司供給四菜一湯，外加水果的晚飯，先生以不麻煩我的原則下，總是到公司用自助餐）。對一位丈夫做夜間工作的太太而言，最難過的時候是，夜深人靜，週遭寂靜時，等候丈夫歸來，那時候，時間好比蝸牛爬樹，特別的緩慢，如果過了平日該回來的時間，仍未見人影，心中那份焦急，不是一般人所能體會到的。我們家曾遭遇一次空前的大難，那次應算是一次大劫數！

四十九年五月七日凌晨，有人敲我的家門，那次人家告訴我，一輛貨車撞到他！那次車禍，使他腦震盪、腦出血、腦底骨破裂，醫生幾乎要放棄救他的努力。經過許多身心的痛苦和煎熬，很萬幸的把他從鬼門關前拉回來，並且沒有留下後遺症。我常想，尤其在苦候他不歸的時候；當年如果不幸他有了三長兩短，我們的孩子最最可憐，兒子只有十五個月大，女兒出生才五十三天！如果不幸有後遺症，我難以想像日子要怎麼熬！

有了那次慘痛錐心的車禍經驗，只要該回來的時候沒回來，又沒有電話時，眞把人給急死掉。

前年有一天晚上，我從一點鐘起開始側聆聽門鈴聲，時間一分一分過去，兩點，兩點五分、十分、十五分……掛電話到公司，說早就下班了。人那兒去了呢？當時胡思亂想，想了很多，心中暗想，四十九年五月不幸的事件，該不會重演吧？不，大約和同事蓋仙去了，以前，也有過這種到天亮還不見人影的情形，那次他下班後到同事家聊天，居然聊到天亮，我在家中倚窗望到天亮，也就是那一次的經驗，使我決心一旦環境改善，首先要做的就是裝電話，萬一有事不能按時回來，可打個電話通知一聲；那回家中沒有電話，沒有話說，這回家中有電話，有事應該打一下，知會一聲，免得牽腸掛肚，胡思亂想，心焦慮亂。

好不容易，三點過一點的時候，門鈴響了，心頭先是鬆弛地一落，暗暗說聲謝天謝地、謝菩薩、謝上帝，他平安回來了，旋即，心頭那份焦慮轉成一股無名火，見了面，劈面就問：

「到那兒去啦？」自知語氣、腔調都不好。

「萬華陸橋下吃海鮮火鍋，不信可以打個電話問同事。」先生是老實人，急忙解釋，又要妳去求證。

其實，我怎麼會不相信呢?他是個全世界最守本份，最安份守己，是規矩的人，我並沒懷疑有外遇之類的事，我是焦慮他的安危。

「要消夜也得先打個電話回來呀！」

「失禮，失禮，」他用不純正的臺語道歉。「臨時決定的，」他有點不好意思地，「好幾位同事都在，半公半私，還談工作。」

人平安回來就好，我也識相的不再囉嗦。

平常他下班回來，我總會問他「有沒有什麼事？」這句話差不多成習慣，就像電臺的呼號，例行公事一樣。

「沒事。」

「沒事最好。」本來No News is a good News，雖然我喜歡看新聞，但我不希望自己會有「新聞」，我這兒所指的新聞，不是國家大事，或國際大事，而是公司、同事間的事，一位家庭主婦最希望聽到消息當然是「加薪」，但畢竟加薪不是天天有的。同事們如果誰有喜事，跟著高興一下，誰有不幸，跟著感嘆一陣，我總覺得平淡安靜，沒有風浪的生活，是最好的生活。

先生是一位生活閑適，快樂知足的人，我說他生活閑適，並不是說他遊手好閒，無所事事。他滿足於他喜愛的那份工作，三十多年來從未對這份工作發生厭倦，他總是愉快的，不遲到、不早退、不請假（去年我開刀時，請一個晚上的假，破二十二年不請假的記錄），本著負責的工作態度去做。前些年有一陣子十二指腸潰瘍，腸胃壞得瘦了五、六公斤，有幾天身體虛弱得舉步維艱，醫生叮囑他要休息，我建議要請假，他怎麼也不肯，說是組裡人手不夠，沒有人接替他的工作。那幾天，他是手持拐杖，叫計程車上班。

白天，他睡覺休息外，坐擁一座小書城，一書在手、一筆在握，都會給他很大的滿足和快樂，小城外的名利都和他不相干，如果來了的話，他的原則是：得亦不喜，失亦不憂。

本月份他有十二天的假期，我曾鼓勵他到東南亞或日本觀光，他興趣缺缺；我建議他環島旅行去，他沉默不語，沒反對，也沒贊成。妳再講什麼，他就是無言以對。

我的一些同學經常問我：「妳先生白天全天在家，你們都做些什麼？」

「看看書、聊聊天、寫點東西。」

「孩子不在家，兩老公婆，談些甜蜜話或悄悄話？」

同學們總以爲文人比較羅曼蒂克，他們會寫，就會說，會說，就會做。同學們不知道，我先生的甜蜜話是「今天三版的頭條新聞是如何如何」，悄悄話是「明朝的××公主如何如何」，或是「清朝有個畫家，那畫家如何如何……。」

不管我這位先生如何如何(瞭解他的人，有人評曰，是個好丈夫，絕對不是好情人)，有一個最大的好處就是，不用擔心被竊賊闖空門，他不喜歡出門、不喜歡交際、不喜歡應酬，白帖子收到，去向人家致最後的敬禮，他去；紅帖子，去湊熱鬧，他覺得浪費時間，不去。白天有他在家，我一個人經常自我排遣，往東走西，南下探親訪友，偶而爬山、看畫展、看國寶，逍逍遙遙，自自在在，無「後顧」之憂；朋友有事，我可以放心的上午出門，到他上班前趕回「接班」。他愛靜，我愛動，他除了上班工作，讀書寫作外，一概不管，有時看他一個大男人，大白天在眼前晃來晃去，心中不免有氣，少不得嘮叨兩句，他就有那麼好修養，不慍、不火、充耳不聞，一派「好男不與女鬥」的風度。

前天在美國的女兒寄一張卡片回來給哥哥，要哥哥在卡片上寫幾個字，另外給媽媽也寫幾個字，看看卡片，女兒在右頁上這麼寫的：

親愛的老爸：

老美的爸爸節是六月十七日，過了這一天就買不到卡片，所以先買了，預祝父親節快樂。

遠方的女兒德沁

一九八四年六月一日

右頁是九行英文字，我不知道要寫些什麼字，靈機一動，拿出半張稿紙，把洋人的句子給翻譯出來。

親愛的老爸：

懷著眞摯的愛，我們記得這個佳節，還有，你給家人的力量和瞭解，你的仁慈和耐心，

我們母子三人祝福你有一快樂的「父親節」，並祝永遠健康，快樂。

老太婆率子女一同

我午夜譯好，連卡片放在他書房的寫字桌上。

第二天一早，他告訴我，「很感謝你們母子三人，我好感動。」

前不久，在一家報紙副刊上，看到一篇文章，題目是「我有一半功勞」，我把它剪下來，準備有空再拜讀。正在剪的時候，先生走過來，瞄一眼題目——只瞄一眼——立刻說：

「妳何祇有一半功勞，全部都是妳老太婆的功勞。」

經他那麼一說，我暗叫慚愧，夫妻本來就是兩個半圓拚起來的一個圓，任何半個圓有缺角都會有遺憾。他說功勞全部我的，那是過獎，他的循規蹈矩，努力不懈，才是可貴，可敬的。

前些天，有一天一大早他把我叫醒，他說：「老太婆，妳知道嗎？」

「什麼事？」我迷迷糊糊的應著。

「我們前任經濟部長趙耀東，他喊他太太也叫『老太婆』嘢！」話音語意裡，好像喊我「老太婆」還喊對了呢。（不錯，他眞把我叫老了呢！）

問題是，在我娘家父親面前，他絕對不敢喊我老太婆。

（錄自73年7月21日「新生報」副刊）

編後記

封德屏

「筆墨生涯」是「文訊」雜誌最早設立的專欄之一，開始於民國七十三年四月（第十期），至今持續不斷。截至目前爲止（民國七十七年六月，第三十六期），爲這個專欄執筆的作家共有三十四位，其中女作家十一位，男作家二十三位。

自七十三年十二月踏入「文訊」擔任編輯工作以來，我就開始了這個專欄的約稿工作。起初，我眞是戰戰兢兢，心想：前輩作家一定都是望之儼然、高不可攀。但幾年經驗下來，這個專欄的約稿卻是我編輯工作最輕鬆、最愉快的記憶。

在崎嶇的文學旅途上，這些前輩作家都已跋涉二十年以上的漫漫長路。「寫作」已經和他們的生命、生活相結合了。一般人寫自傳性的文字，極可能流於敍述性的繁瑣及枯燥，但由作家執筆撰寫其「筆墨生涯」就截然不同了。他們自述與寫作的因緣，就像描寫一段與最鍾愛情人的戀情，辛酸、甜蜜盡在其中，使你不得不爲他們執著的熱情深深感動。

這次我們先將其中十一位女作家的「筆墨生涯」彙編成這本「聯珠綴玉」，除了將原來的篇名做了更妥切的修正外，我們希望這本書不但有可讀性，更具文學性與史料價值。於是，我們增加了以下的篇幅：

①作者簡介

②作家作品目錄

③作品評論索引

④作品選

爲了這些增加的資料，我們投注了不少心力。查證作家的簡介、作品目錄，希望儘量做到正確無誤；不斷地在有限的資料中尋找有關這些作家的評論篇章；閱讀她們的作品，希望能挑選出適合篇幅又能代表她們風格的文章。

當這些工作一一完成後，這本書的內在光華就可以充分顯現，書的內容也就更加豐盈了。藉著它，我們可以了解她們的文學因緣、創作歷程（「筆墨生涯」），以及不同的寫作風格（「作品選」）；它同時記載了作家們寫作的成績單（「作品目錄」）、文學工作者對她們的報導與研究（「評論索引」）。

本書的完成，聊表我們對前輩作家的尊敬與感謝，也希望能繼續出版這一系列的叢書，爲這些文壇的勇士們，留下珍貴的紀錄。

（團體訂購，另有優待）

文訊叢刊⑤ **比翼雙飛**——23對文學夫妻

古往今來，文人筆下流露著人間情愛的關注，而文人自身的愛情呢？為了切入作家的世界，十枝亦雄亦秀的筆，報導了廿三對文學夫妻，看他們如何比翼雙飛，如何藉文學溝通觀念，如何營構愛的小屋，如何走過漫漫悲歡歲月？

定價140元

文訊叢刊⑥ **聯珠綴玉**——11位女作家的筆墨生涯

走過艱苦歲月，一路的履痕，有淚水，也有歡顏。自然的驅遣起文字，便如轉丸珠，記錄了這個時代，表現了中國女性厚實堅韌的生命潛能。且聽她們向您細說……

定價120元

文訊叢刊⑦ **當前大陸文學**

「中國人正想從一地血泊中勇敢的站起來，從廢墟中重建一個沒有鬪爭的和平世界……。」當前的大陸文學傳達了這樣的訊息，讓我們正視它，研究它，並給予合理的評價，本書的資料與論證提供您最好的參考架構。

定價120元

文訊叢刊①	抗戰時期文學史料	定價120元	秦賢次／編
文訊叢刊②	抗戰文學概說	定價140元	李瑞騰／編
文訊叢刊③	抗戰時期文學回憶錄	定價160元	蘇雪林等／著
文訊叢刊④	在每一分鐘的時光中	定價120元	文訊月刊社／編印

文訊雜誌社

社　址：台北市林森北路七號　3946103・3930278

編輯部：台北市復興南路一段127號3樓　7529186・7412364

郵政劃撥12106756文訊雜誌社

文訊叢刊⑥

聯珠綴玉 十一位女作家的筆墨生涯

編　　者／封德屏
封面設計／劉　開
內頁完稿／詹淑美

發 行 人／蔣　震
出 版 者／文訊雜誌社
社　　址／臺北市林森北路七號
電　　話／(02)3930278・3946103
編 輯 部／臺北市復興南路一段127號三樓
電　　話／(02)7711171・7412364

總 經 銷／聯經出版事業公司
地　　址／臺北縣汐止鎮大同路一段367號三樓
電　　話／(02)6422629代表號
印　　刷／裕臺公司中華印刷廠
　　　　　臺北縣新店市大坪林寶强路六號

定價120元（如有缺頁、破損，請寄回本社調換）
郵撥帳號第12106756號文訊雜誌社
版權所有・翻印必究
中華民國七十七年七月初版
行政院新聞局局版臺誌字第6584號